森林有童话

倒霉蛋雷迪

〔美〕桑顿·伯吉斯（Thornton W. Burgess）著
〔美〕哈里森·卡迪（Harrison Cady）绘　沐雨 译

现代教育出版社
Modern Education Press

图书在版编目（CIP）数据

倒霉蛋雷迪 /（美）桑顿·伯吉斯著；（美）哈里森·卡迪绘；沐雨译. -- 北京：现代教育出版社，2019.1
　ISBN 978-7-5106-6677-3

　Ⅰ. ①倒… Ⅱ. ①桑… ②哈… ③沐… Ⅲ. ①童话-美国-现代 Ⅳ. ① I712.84

中国版本图书馆 CIP 数据核字 (2018) 第 241968 号

倒霉蛋雷迪

（美）桑顿·伯吉斯著；（美）哈里森·卡迪绘

译　　者	沐　雨
出 品 人	陈　琦
选题策划	王春霞
责任编辑	刘兰兰　于文倩
装帧设计	翊　彤
出版发行	现代教育出版社
地　　址	北京市朝阳区安华里 504 号 E 座
邮　　编	100011
电　　话	(010) 64251036（编辑部）
	(010) 64256130（发行部）
经　　销	全国新华书店
印　　刷	北京飞达印刷有限责任公司
开　　本	880mm×1230mm　1/32
印　　张	5.25
字　　数	150 千字
版　　次	2019 年 1 月第 1 版
印　　次	2019 年 1 月第 1 次印刷
书　　号	ISBN 978-7-5106-6677-3
定　　价	29.80 元

版权所有　侵权必究

前 言

伯吉斯是美国著名的儿童文学作家,自然主义者,自然资源保护论者,他创作了大批童话作品,被称为"睡前故事大叔"。在欧美地区,伯吉斯的动物文学作品广受儿童欢迎,诺贝尔经济学奖获得者乔治·阿克洛夫、"迪士尼世界"的创始人沃尔特·迪士尼、"斯凯瑞金色童书"的作者理查德·斯凯瑞等名人、作家从小就是这些作品的忠实读者。

伯吉斯不仅一生笔耕不辍，更是积极致力于大自然保护事业。他成立"芳草地俱乐部"，呼吁人们保护草地；积极促成迁徙类野生动物相关保护法案的通过；成立"户外俱乐部"，并组织征文活动，帮助孩子们认知、爱护鸟类，呼吁孩子们做"我们本地鸟类的好朋友"；成立"睡前故事俱乐部"，呼吁听众"仁慈地对待大自然的孩子们，保护它们，让它们远离天敌的伤害"。

人类自灵长类动物进化而来，我们往往不知不觉地把心灵状态加诸动物身上。动物题材小说的意义在于我们从动物身上看到了自己，或者看到自己的另一面，这一面可能埋藏于我们的内心深处，也可能是生活中本就存在而我们并不自知的一种状态。因此，加在动物身上的人类情感，相当大一部分是我们自己意识的投射。动物与人、人与自然，三者和谐相处，共同融合成美丽温馨的画卷。对于儿童来说，充分享有让自己的想象停留在童年梦幻波长上，是快乐成长的特权。

一套优秀的童书要带给孩子阅读的快乐，心灵的愉悦，回忆的温暖，知识的增长，智慧的启迪，使他们产生对人生的种种向往。对于这样的目标，动物小说有着天然的优势，伯吉斯的这套书就很好地实践了上述的宗旨。打开这套书，轻快地读一读，开心地笑一笑，孩子们会发现书中有狡猾机警的狐狸、勇敢聪明的兔子、贪玩调皮的土拨鼠，这些主人公性格各不相同，遭遇的经历也大相径庭，每个故事里有历险奇遇，有曲折情节，有感动，有眼泪，有欢声笑语，有愉快歌声，主人公最后都凭借自己的努力和他人的帮助实现了自己的心愿。优美的文字、流畅的表达、引人入胜的情节为这套书插上了梦想的翅膀，孩子们读完书后会长长出一口气，仿佛自己也经历了一场冒险似的，仿佛自己也化身为可爱、聪明、有智慧的小动物一般，心中无限欢喜，又觉得意犹未尽。书中的主人公也有着各种缺点和不足，这并不能妨碍他们去追求欢乐和笑声，通过追寻生活的美好，从而找到生活的意义。孩子们的世界简单而快乐，需要的正是这种潜移默化的教育方式，需要的正是春风化雨般的文字温暖，生搬硬

套、粗暴灌输、千篇一律，只会适得其反。

"黄梅时节家家雨，青草池塘处处蛙。"保护环境就是保护我们自己，人与自然和谐共生的理念要从娃娃开始培育。伯吉斯动物系列小说整体贯穿着这样一个思路："关心、爱护野生动物，保护大自然。"通过这套书，小朋友们会懂得，尊重生命，不论中外老幼；绿水青山，理应全人类共享。

现代教育出版社编辑部

2018年10月

孟加拉印象[1]（代序）

[印度] 拉宾德拉纳特·泰戈尔

帕提萨 1894 年 3 月 22 日

我坐在舱口前，遥望着河面。这个时候，我突然看见一只长得很丑的水禽拼命朝对岸游去。与此同时，它的身后响起了不绝于耳的叫骂声和喊打声。我擦亮眼睛一看，原来那是一只母鸡。在即将

---

[1] 本文译自《拉宾德拉纳特·泰戈尔爵士书信集》，为节选。
　　——清石译

被宰杀之际，它幸运地从船上的厨房里逃了出来，而后跳进水中，拼命向对岸游去。可是，就在它即将爬上河岸的当儿，它再次落入那些心狠手辣的追捕者的魔掌之中。我们的厨师拎着它，得意扬扬地回到了船上。我告诉那位厨师，今天晚上我不想吃肉了。

我的确应该认真考虑考虑戒荤的事儿了。我们坦然地大块吃肉，不曾感到丝毫的不安。我们之所以这样，根本原因在于我们从来都没有去细想我们的所作所为是多么的残忍、多么的不仁。世界上有很多种人为的罪恶，民族习惯、风俗、传统和社会法则不同，对这些罪恶的认识也会不同。但是，残酷和这些罪恶截然不同，它是一种原始的罪恶；狡辩和托词都不能改变它的性质。我们要是没有变得麻木不仁，那该有多好！这样，对于那些对残忍行为发出的抗议，我们就不再会充耳不闻；可是，我们却聚在一起，有说有笑，好不快活，一边做着残忍不仁的事儿，一边还感到心安理得——实际上，谁要是不随大溜儿，他就会被其他人扣上一顶"怪人"的帽子。

由此可见，我们对罪恶的理解是多么的肤浅！在我看来，世上有一条至高戒律，需要每个人谨守：对一切生灵心怀怜悯。博爱是一切宗教的基石。前几天，我在一份报纸上看到一篇报道：一批价值五万英镑的肉，从英国本土运到非洲的一个军事基地时被发现已经变质，于是人们将这批肉退回。最后，它们在英国朴次茅斯港仅以数英镑的价钱被贱卖了事。这种浪费生命的行为是多么的骇人听闻！人们怎么可以这样视"珍宝"如敝屣！仔细想想吧，有多少无辜的生灵仅仅是为了点缀某次宴会上的碗盘而惨遭杀戮！更可怕的是，大多数生灵的肉竟然会被原封不动地撤下席去！

我们若是对自己的残暴行为浑然不知的话，我们倒可以请求原谅。但是，如果我们明明已经良心发现，可还是昧着良心，和别人同流合污，一起去残杀生灵的话，那我们就是在凌辱自己的良知。鉴于以上种种，我决定开始做一个素食主义者。

············

施里塔 1894年8月9日

今天我看到一只小鸟的尸体浮在水面上顺流而下。它死亡的经过并不难推演：它在村边的某棵杧果树上有个巢。它晚上回到暖融融的小巢里，想美美地睡上一觉，让它那小小的身躯里的疲惫得以释放。谁知博多河突然狂性大作，把杧果树树根上的泥土冲得一干二净。这个可怜的小家伙不但失去了小巢，也永远不会再醒来。

大自然无坚不摧，在它的面前，我自己和其他生物的区别根本就微乎其微。在这里的城市里，人类总是处于主宰地位。他们只关心自己，却对其他生物的苦乐无视到近乎残忍的地步。

在欧洲，同样地，人类也处于主宰地位。因此，动物在他们的眼里，仅仅是动物而已。不过，在印度人看来，人托生为动物，动物托生为人，灵魂轮回的想法一点都不稀奇。因为，我们的经文不会把人们对众生的怜悯视作矫揉造作的情感而加以禁止。

我来到乡村，和大自然亲密接触。这个时候，我性格中印度人的成分便占据了主导，哪怕面对的只是一只小鸟松软的胸腹中跃动着的那股生之喜悦，我也不可能无动于衷，漠然置之。

献 给

生活在芳草地和绿森林一带的那些

可爱的动物朋友

希望这套小册子可以

让我们大家携起手来

共同去保护那些纯真而又

时常面临来自人类威胁的动物朋友

目　录

狐外婆格兰尼吓唬雷迪……………………001

狐外婆格兰尼给雷迪露了一手…………007

猎狗鲍泽根本就不上钩…………………013

狐狸雷迪变得越来越飘飘然……………017

狐狸雷迪变得胆大妄为…………………022

啄木鸟德鲁默白忙乎了一场……………028

狐狸雷迪悔之晚矣………………………032

狐外婆格兰尼悉心照顾雷迪……………… 037
彼得兔听说了一个新消息………………… 042
狐狸雷迪让彼得兔心生怜悯……………… 047
狐外婆格兰尼回来了……………………… 053
那只小鸡不见了…………………………… 059
狐外婆格兰尼诬赖臭鼬吉米……………… 064
狐外婆格兰尼知道了小鸡的下落………… 069
狐狸雷迪的家中来了一位客人…………… 074
负鼠比利大叔去了一趟微笑池塘………… 079
农夫布朗的儿子决定捕杀雷迪…………… 085
农夫布朗的儿子四处寻找雷迪…………… 090
负鼠比利大叔传递危险消息……………… 095
狐外婆格兰尼聪明反被聪明误…………… 101
雷迪不听狐外婆格兰尼的吩咐…………… 105
秃鹫巴扎德老先生眼观六路……………… 110
狐外婆格兰尼吓了个半死………………… 116
狐外婆格兰尼和雷迪只好搬家…………… 120
彼得兔发现了个惊天大秘密……………… 125
农夫布朗的儿子白忙乎了一场…………… 131

伯吉斯的动物世界……………………… 137

卡迪的动物朋友………………………… 140

精彩评赞集锦…………………………… 143

后记：动物们的世外桃源……………… 146

狐外婆格兰尼吓唬雷迪

狐狸雷迪住在狐外婆格兰尼的家里。我们知道，雷迪他们家是一个大家庭，雷迪的兄弟呀、姐妹呀，实在有点儿多，狐狸妈妈天天起早贪黑地捕猎，才能勉勉强强喂饱嗷嗷待哺的这么一大窝小狐狸。没办法，狐狸妈妈只好让外婆格兰尼帮忙把雷迪带大。在这一带广阔的乡野中，格兰尼算得上是最有智慧、最狡猾、最聪明的狐狸了。现在，雷迪的个头儿已

森林有童话

经挺大。格兰尼心想,让雷迪学会狐狸家族的所有本领的时机已经成熟。因此,每天她去捕猎的时候,都会带上雷迪,把她掌握的所有的捕猎经验毫无保留地教给雷迪:怎样去偷农夫布朗家的鸡,同时又不会惊动农夫布朗家的猎狗鲍泽啦;怎么对付那些屁颠屁颠的狗啦——对付他们,她有一千零一个小妙招呢。

  一天早上,狐外婆格兰尼带着雷迪穿过芳草地,越过绿森林,最后来到跑火车的铁轨上。雷迪以前

从没来过这里,所以对这一带他一点儿也不了解。格兰尼一直在前面一溜小跑着。他们来到一座大桥前的时候,她方才停下脚步。

她命令雷迪道:

"过来,雷迪,往下面看。"

雷迪按照吩咐,来到桥边。但是,他往桥下只看了一眼,就感到天旋地转,差点儿一屁股坐到地上。狐外婆格兰尼咧开嘴,坏笑了起来。

"走,到桥的对面去。"格兰尼对雷迪说,而后她迈着轻轻的步子,一溜烟跑到了桥的对面。

可是,雷迪吓得两条腿跟棉花糖似的。没错,哪怕是往前迈出那么一小步,他都不敢。他怕掉进下面的水里,他怕摔在桥下尖利的石头上。狐外婆格兰尼于是从桥的对面跑了回来,跑到雷迪的身前。

"真没出息,雷迪!"格兰尼嘲笑道,"有什么可害怕的呀?只要不往下面看,你就不会感到有任何危险的。好了,现在跟着我,一起跑过去吧!"

可是,狐狸雷迪直往后退,低声地恳求着,想

回家去。这时候,格兰尼突然惊恐万分地站了起来。"猎狗鲍泽来了!快跑,雷迪,快跑!"她一边大叫着,一边撒开腿,跑到了桥对面。

雷迪根本就没心思往后看鲍泽到哪里了,也没时间去多想。他唯一的念头就是千万别让猎狗鲍泽给追上喽。"等等我,狐外婆格兰尼!等等我!"他一边大叫,一边没命地跟在格兰尼的后面跑。一眨眼的工夫,他就跑到了桥中央。雷迪最终安全地跑到了桥对面,可他发现狐外婆格兰尼正坐在地上笑他。这个时候,雷迪才敢回头去寻找猎狗鲍泽。可是,他连鲍泽的一点儿踪影也没有看见。鲍泽是不是掉到桥下了?

雷迪大声问道:

"猎狗鲍泽在哪里?"

狐外婆格兰尼冷冰冰地回答道:"在农夫布朗的家里呀。"

雷迪盯着她,足足看了有一分钟的时间。这会儿,雷迪才明白过来,格兰尼这是在吓唬他呢,为的是让他从大桥上跑过来。雷迪感到非常非常羞愧。

有什么可害怕的呀?

森林有童话

这时,狐外婆格兰尼说道:
"现在,我们返回去吧。"
这回,雷迪没有丝毫退缩。

狐外婆格兰尼给雷迪露了一手

每天,狐外婆格兰尼都会带领狐狸雷迪来到那段长长的铁路桥前,让他在桥上一遍遍地跑过来,又跑过去。慢慢地,雷迪不再惧怕那段铁路桥了。刚开始的时候,雷迪只要踏上这段铁路桥,就会头晕目眩;现在,他已经可以颠儿颠儿地从它上面跑来跑去,一丁点儿的恐惧感也没有了。"哼,敢从铁路桥上跑来跑去,其实根本就没什么大不了的。谁

都可以做到!"一天,雷迪得意扬扬地说。

听到雷迪的话,狐外婆格兰尼的脸笑成了一朵花。"你第一次过这座桥时的反应,你还记得不?"她问道。

雷迪满脸羞愧地低下了头。他当然还记得——他记得当时格兰尼是拿猎狗鲍泽来吓唬他,他才被唬得跑过了桥。

这时候,格兰尼突然惊慌失措地抬起头,惊叫道:

"快听哪!"

雷迪赶紧竖起他那对长长的尖耳朵。他们的身后传来了狗的狂吠声。它不是猎狗鲍泽的狂吠声,而是一只比鲍泽更年轻的狗的叫声。格兰尼聚精会神地倾听着。那只狗的叫声越来越响。很显然,他离这里越来越近了。

"他肯定是跟踪着我们,一路找来的。"狐外婆格兰尼说,"听好喽,雷迪,你赶紧跑到桥的对面去,待在那边的那座小山冈上,当一个好观众。等我使出压箱底的那招绝技以后,也许你就会明白当初我

的良苦用心了。"

遵照狐外婆格兰尼的吩咐,雷迪飞快地跑过那段铁路桥,来到对面的小山冈上。然后,他坐下来,等着好戏上演。格兰尼快步跑到一片田地中央,而后坐了下来。她刚坐下没一会儿,一只年轻猎狗突然从灌木丛中蹿了出来,低着头,用鼻子嗅着格兰尼的气味。

这时,那只猎狗突然抬起头,看见了格兰尼,他的叫声变得更加凶猛、更加狂野。知道那只猎狗发现了自己以后,格兰尼起身便跑。不过,她好像跑得并不怎么卖力。雷迪如坠五里云雾,搞不明白格兰尼葫芦里到底卖的什么药,因为她看上去根本就不想甩掉那只猎狗,看来她这是要和那只猎狗玩儿猫鼠游戏。一小会儿,雷迪听到不远处传来悠长而低沉的隆隆声。紧接着,又响起了汽笛声。

啊呀,火车来了。

当然,格兰尼也听到了汽

笛声。她开始往铁路桥的方向跑去。就在那列火车眼看就要来到她跟前的当儿,她飞速地跑过铁路桥,活似一道红色闪电。那只猎狗一直对狐外婆格兰尼紧追不舍,一心只想逮住格兰尼,竟然没有注意到那座铁路桥,也没有在意自己身后那列疾驰而来的火车。一到这里,那只猎狗就不再是狐外婆格兰尼的对手了。哦,上帝啊,这怎么可能呀!狐外婆格兰尼已经跑到铁路桥的对面了,可那只猎狗竟然还没跑到铁路桥的中央呢。这个时候,那列火车已经来到了他的身后,正拉着长笛,叫他让路呢。

那只猎狗发出一声惊恐万分的号叫,而后做出他唯一能做的事儿——跳下铁路桥。最终,他掉进

了桥下的激流之中。雷迪再看见他的时候,他正拼命往岸边游呢。

格兰尼一边往雷迪身边靠近,一边不无炫耀地说:

"现在,你知道当初我为什么教你过这座铁路桥了吧。用这个方法来摆脱猎狗的纠缠,我屡试不爽。"

猎狗鲍泽根本就不上钩

狐狸雷迪已经从狐外婆格兰尼那里学来了一大箩筐的本事儿，不禁变得有点儿飘飘然起来。我们知道，雷迪天性聪颖，狐外婆格兰尼教他的那些花招他很快就会活学活用了。但是呢，雷迪同时还是一个吹牛大王。每天，他都神气活现地游荡在芳草地一带，逢人便吹嘘自己有多么聪明。小黑乌鸦布莱基实在是有点儿忍受不了雷迪的吹嘘功夫。

"你要是真这么聪明的话,那你为什么整天远远地躲着猎狗鲍泽呀?"布莱基问,"依我看,你根本就愚弄不了猎狗鲍泽。打死我,我也不相信。"

雷迪知道,布莱基刚才的这番话肯定已经传到很多小动物的耳朵里面去了。他还知道,他要是不能反证布莱基的话,那以后他肯定会沦为那些小动物们的笑料。这时,他忽然想起了狐外婆格兰尼对付那只年轻猎狗所用的那招绝技。为什么不能把这招用在猎狗鲍泽的身上呢?到那个时候,小黑乌鸦布莱基的嘴总该可以堵住了吧?对,就这么干。

"今天下午会有火车从铁路桥上通过。那个时候,你要能在那里出现的话,我就可以让你开开眼,你就会知道我可以不费吹灰之力就能把猎狗鲍泽耍得晕头转向。"雷迪说。

小黑乌鸦布莱基同意到那里去。于是雷迪开始去寻找鲍泽。布莱基逢人便说雷迪发誓一定要戏弄戏弄猎狗鲍泽。每提到此事,布莱基都会笑得前仰后合,就跟再也没有比这更可笑的事儿似的。

当天下午,小黑乌鸦布莱基准时来到那座铁路桥旁,他表弟大嘴蓝松鸦萨米也来了。他们看到雷迪正在田野里往这边跑,猎狗鲍泽一边狂怒地吠叫着,一边对他紧追不舍。狐外婆格兰尼戏弄那只年轻猎狗的时候,就没怎么尽力跑,雷迪依葫芦画瓢,也让鲍泽紧跟在自己的身后。正在这时,火车鸣叫着向铁路桥这边驶来。雷迪立刻加快脚步,赶在火车驶过来以前,跑到了铁路桥的对面。他想当然地认为,全神贯注地追赶自己的鲍泽肯定会忽视火车的到来,等鲍泽发现火车的时候,一切都为时已晚;到那时,鲍泽肯定会不得不跳进桥下的激流中;猎狗鲍泽的表现肯定会和那只年轻猎狗的表现一模一样……跑到铁路桥的对面以后,雷迪马上跳出火车道,回头去看鲍泽的表现。火车已经开到铁路桥的中央,但是,鲍泽却不知哪里去了。

鲍泽肯定已经跳进河里去了吧!雷迪坐下来,咧开嘴,得意扬扬地笑了起来。

长长的火车轰隆隆地驶过铁路桥,扬起一片灰尘和浓烟,雷迪赶紧闭紧双眼。他睁开眼睛的时候,却发现猎狗鲍泽张着血盆大嘴站在自己的面前,离

自己也就只有几寸远。

鲍泽咆哮道：

"哼，你觉得你的那套老掉牙的鬼把戏可以把我耍得晕头转向，是不是？"

雷迪哪有胆儿回话，他赶紧撒开腿，没命地跑开了。哦，这只小狐狸已经吓破了胆儿！

原来，对这些把戏，猎狗鲍泽早已经见怪不怪了。他是先让火车过去，而后紧跟在火车的后面，在它的遮挡之下跑过来的。

至于狐狸雷迪呢，他已经累得上气不接下气。他只好去找狐外婆格兰尼，求她帮忙对付猎狗鲍泽。突然，他听到了说话声。这话儿让他恨得牙根儿疼。

"哈哈哈！绝顶聪明的是我们！"

说话的是小黑乌鸦布莱基。

狐狸雷迪变得越来越飘飘然

狐狸雷迪的胆儿越来越大,每个动物都这么说。如果大家都这么说的话,那这件事就一定是真的了。雷迪素来以狡猾闻名,但从来不胆大妄为。说得详细一点,猎狗鲍泽和农夫布朗的儿子已经多次落入狐狸雷迪的圈套之中。因此,雷迪变得越来越骄傲,越来越飘飘然起来。其实,他是聪明反被聪明误。没错!雷迪搬起石头,反而砸了自己的脚。他越来

越觉得自己聪明过人,没有人能骗得了他。

自命不凡,这可是世界上最坏的习惯之一。现在,狐狸雷迪就养成了这么一个坏习惯。哦,上帝啊,我说得一点没错!现在,狐狸雷迪确实变得目空一切!别人一提起猎狗鲍泽,雷迪就会鼻孔朝天,不屑一顾地说:

"哼!耍弄猎狗鲍泽简直就是小菜一碟。"

不妨回想一下,上次在铁路桥那边,猎狗鲍泽可是好好地修理了雷迪一番呢。不过,雷迪从来都是好了伤疤忘了疼。

每次看见农夫布朗的儿子的身影,雷迪都会用最轻蔑的口气说:

"谁怕他呀?反正我不怕!"

狐狸雷迪越自负,他的胆儿就会越大。几乎每天晚上,他都会光顾农夫布朗的养鸡场。农夫布朗在养鸡场四周布下许多夹子,不过,雷迪总能发现它们,巧妙地避开它们。这些夹子本来是用来捉拿狐狸雷迪的,现在反倒给负鼠比利大叔和臭鼬吉米带来非常多的不便。他们唯恐会被那些夹子夹住,就再也不敢去养鸡场偷鸡蛋了。这样一来，他们再也没机会享用那些新鲜的鸡蛋了。他们自然会把这件事儿怪罪到狐狸雷迪的头上。

"不用着急。"臭鼬吉米一边没好气地说，一边生气地用眼瞪着正躺在芳草地上晒太阳的狐狸雷迪，"农夫布朗的儿子会收拾他的！我想肯定会收拾他的！"吉米说这话时有些恶狠狠的，看来他都有点儿迫不及待了。

我们知道，一个人要是整天忘乎所以的话，那他肯定喜欢到处招摇。我们还知道，只有获得别人的认可，让别人对你交口称赞，你才会有真正的成就感，你才会感到心满意足。

狐狸雷迪也是这么认为的，他现在已经变得越来越胆大包天，没错，他已经变得越来越胆大包天。光天化日之下，他竟敢大摇大摆地溜进农夫布朗家的养鸡场里，几乎就在猎狗鲍泽的鼻子底下，抓走了农夫布朗的儿子的宠物鸡。秃鹫巴扎德老先生正在碧蓝碧蓝的天空中翱翔，狐狸雷迪干的这件好事，他全都看在了眼里。

巴扎德老先生摇晃着自己的秃头脑袋，唱道——

哈哈，俺已经看见了麻烦老先生的身影；
没错，他已经现身！没错，他已经现身！
真真希望俺这里不会留下他的任何影踪；
没错，他已经现身！没错，他已经现身！
麻烦老先生这个老妖怪既古怪又爱犯拧，
逮着机会，他就会四处去寻找你的身影，
一旦被他发现，你肯定吓得浑身直发冷。
看见他的身影，俺马上就识趣地躲一旁。
没错，他已经现身！没错，他已经现身！

狐狸雷迪实在是太自负了，他这是自己去找麻烦老先生的麻烦。他抓走农夫布朗的儿子的宠物鸡的时候，麻烦老先生已经追到他的脚后跟儿了。

狐狸雷迪变得胆大妄为

秃鹫巴扎德老先生的话非常有道理。麻烦老先生已经追到狐狸雷迪的脚后跟儿了。可是,即使有人告诉雷迪他就要有麻烦了,他也不会相信的。他在光天化日之下抓走农夫布朗的儿子的宠物鸡,不是为了别的,只是为了炫耀自己的能耐。他想让所有人都知道他有多么勇敢。他觉得自己聪明绝顶,想干什么就能干什么,没有谁可以阻止得了他。雷

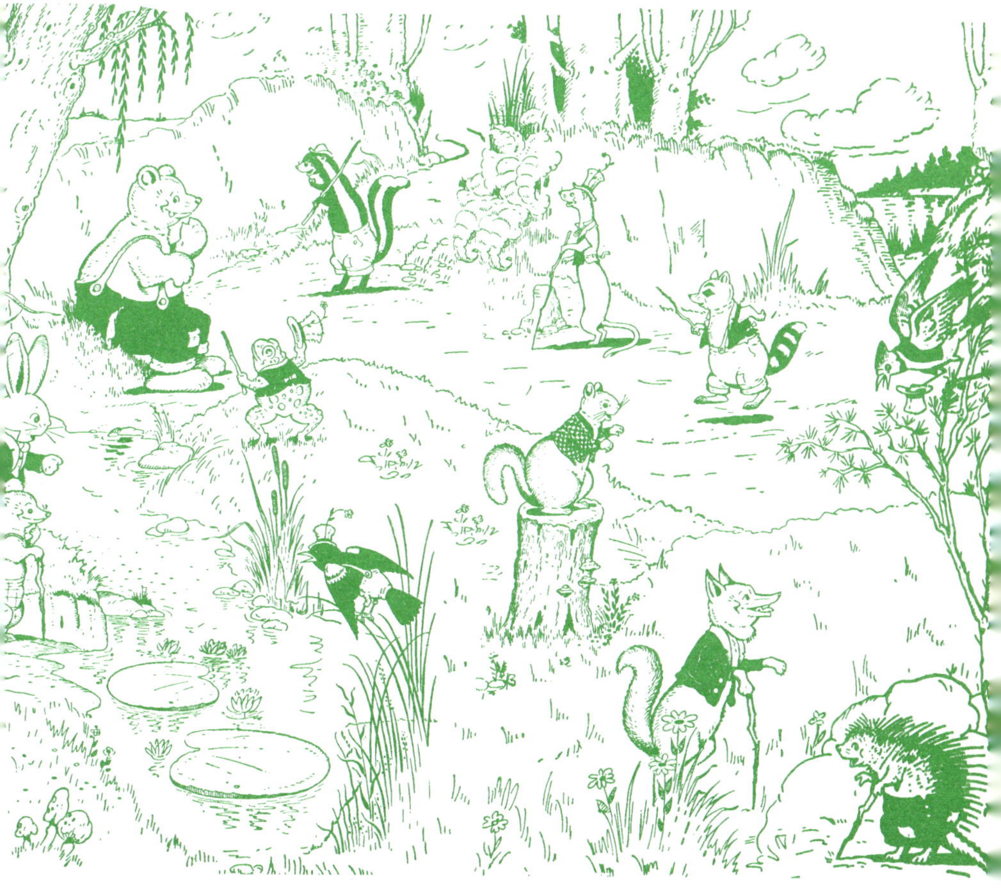

迪喜欢趾高气扬地在绿森林和芳草地一带游荡，到处吹嘘自己干了很多惊天动地的事儿，接下来还会做更伟大的事儿。

我们知道，那些喜欢吹牛、喜欢显摆的人，终有一天会吃到苦头的。而且，到那个时候，没有谁会同情他们的。生活在绿森林和芳草地一带的小动物们都非常讨厌狐狸雷迪，他整天那么吹嘘自己，他们已经厌烦透了，都盼着他赶紧倒霉呢。是的！他们巴不得雷迪马上就会厄运临头。

听说雷迪在光天化日之下抓走农夫布朗的儿子的宠物鸡，而后他又得意扬扬地四处吹嘘自己的本事儿之后，彼得兔，整天逍遥自在的彼得兔，不禁严肃地摇了摇头。

"雷迪实在太自以为是了，他很快就会小命难保的。"彼得兔说。

"我也是这么认为的。可是，他要是不受到惩罚，那又当怎么

说?"臭鼬吉米问道。

彼得兔厌恶地看了吉米一眼,而后说:

"他肯定会吃苦头的。他跑得再快也没有用,他很快就会小命难保的。"

"臭鼬吉米,你要是没有那个让人生畏的小臭屁袋,你肯定会小心处事的。"彼得兔说,"雷迪要是继续这么心不在焉的话,终有一天他会被夹子逮住的。"

臭鼬吉米咻咻地笑了。"我巴不得他会有这一天。"他说。

农夫布朗的儿子听说狐狸雷迪胆大妄为的举动以后,气得脸色铁青,紧咬双唇。接着,他把猎枪夹到自己的腋下。"我养的鸡可不能白白去喂那些狐狸!"他说。之后,农夫布朗的儿子冲着猎狗鲍泽吹了声口哨。接着,他们一道起程。

不久，鲍泽就发现了雷迪的踪迹。

"汪汪汪！汪汪汪！"猎狗鲍泽狂怒地吠叫着。

此时，狐狸雷迪正躺在绿森林的边缘打盹儿呢，鲍泽低沉狂怒的吠叫声让他让他打了个激灵。之后，雷迪竖起耳朵，咧开嘴笑了起来。"今儿，我正想活动活动筋骨呢。"他一边说，一边沿着羊肠小道向山坡下飞奔而去。

今儿是一个酷热的夏日。雷迪想当然地认为猎人和男孩子们通常不会冒着烈日捕杀狐狸。"来人肯定是猎狗鲍泽，"雷迪心想，"只要我的方法得当，猎狗鲍泽肯定会上我的当，找不到我的踪迹的。"雷迪根本就没有做他该做的事——用眼睛好好观察一下。这是因为，他实在太自以为是，结果对这件事掉以轻心了。没错！狐狸雷迪犯了想当然这个毛病。他不停地回头看，想知道猎狗鲍泽到底在哪里。但是，他没有朝四周观望一下，没有去确定附近到底有没有危险。

秃鹫巴扎德老先生正在碧蓝碧蓝的高空中盘旋着，地面上发生的事情他都一目了然。他看见狐狸

雷迪正沿着绿森林的边缘跑,过几分钟他就会停下来,低声笑着,竖起耳朵倾听猎狗鲍泽的动静。他知道雷迪这是在使用迂回战术,故意绕着弯子跑,好来迷惑鲍泽,让鲍泽费力地用鼻子在地面嗅来嗅去。秃鹫巴扎德老先生还看见了其他一些事情。他看见在雷迪身前不远的一棵大树后面,一个像枪管的东西伸了出来。

秃鹫巴扎德老先生嘟囔道:

"俺说得一点没错,狐狸雷迪马上就要麻烦缠身了。"

啄木鸟德鲁默白忙乎了一场

狐狸雷迪没有那么自以为是、自作聪明的时候，每次都会先瞻前顾后、左顾右盼一番，在确定没有危险以后，才会撒腿跑起来。放在以前，雷迪跑向一棵大树的时候，要是看见有一个像枪管的东西从那棵大树的后面伸出来的话，他肯定会起疑心的，是的，他一定会起疑心的。可是，现在雷迪却只顾着打小算盘了：这可真是一个千载难逢的机会，生活在芳草地和绿森林一带的小动物们终于可以有机会见识一下他的聪明才智和英勇无畏的气概了。

雷迪于是再次坐下来,等到猎狗鲍泽差点咬住他的尾巴的时候,他才再次逃跑。

突然,鼓手啄木鸟德鲁默发出急促的警报声——哪哪哪!只要德鲁默发出声,大家就会知道这是危险警报。鼓手啄木鸟德鲁默这么可劲儿地敲木头,绝对不是为了好玩。可是,雷迪却对德鲁默发出的警报充耳不闻。实际情况是,他根本就没有听到危险警报。我们知道,雷迪的脑子里此时此刻已经被自以为是完全占据,再也容不下其他东西了。

"我真是吃饱了撑的!"鼓手啄木鸟德鲁默嘟囔道,"我干吗要给他发出警报呀?!芳草地和绿森林一带要是没了狐狸雷迪,反倒更好。哦,这样要好

多了！在这里，所有人都讨厌他。他是一个可憎的纸老虎，遇见比自己个头儿小的人就整天吓唬他们或者追赶他们。不过，雷迪这次干得不错！"德鲁默别过头，打量了雷迪一番。

看到猎狗鲍泽正在绞尽脑汁寻找自己的踪迹，雷迪不禁得意忘形地大笑起来。

"没错，雷迪这次干得不错！"鼓手啄木鸟德鲁默又叨叨了一遍。

而后鼓手啄木鸟德鲁默往树下看去，下面的情形让他更加坚信自己的判断没有错。"狐狸雷迪那一身漂亮的红外套以后恐怕我再也无缘得见了！我的判断肯定错不了！"他嘟囔道，"雷迪要是不理会我发出的危险警报，不愿意马上离开的话，一旦出了麻烦，那就不关我的事了！"

鼓手啄木鸟德鲁默于是又猛烈地敲击树干——哪哪哪。德鲁默的敲击声穿过绿森林，传遍芳草地，连紫山丘一带都隐约可以听得到。

在德鲁默栖身的那棵大树的下面，一张布满雀斑而又怒气冲冲的脸儿正顺着树干往上瞧。他不是

别人，正是农夫布朗的儿子。

"这只讨厌的啄木鸟在干什么呀？"农夫布朗的儿子咕哝道，"我得想法子让这只啄木鸟安静下来。不然的话，那只狐狸会被他发出的声响吓跑的！"

农夫布朗的儿子冲着鼓手啄木鸟德鲁默使劲挥舞拳头。可是，那只啄木鸟好像对农夫布朗的儿子的威胁一点儿都不放在心上。他依然在那里拼命地敲击着树干——哪哪哪、哪哪哪！

狐狸雷迪悔之晚矣

鼓手啄木鸟德鲁默拼命地敲击着树干，发出警报。他奋力敲击的频率极快，看上去他那颗绯红脑壳儿好像根本没有前后抖动一般。德鲁默站在绿森林边缘的一棵老树上，一个劲儿地敲着树干——哪哪哪、哪哪哪。后来，他不得不停下来喘口气儿，他忍不住往下偷看的时候，他的目光和农夫布朗的儿子愤怒的目光不期而遇。农夫布朗的儿子此时正躲在树后。

德鲁默讨厌那张苦瓜似的脸蛋儿，非常讨厌它。他更讨厌农夫布朗的儿子手里的猎枪。德鲁默知道农夫布朗的儿子之所以躲在那里，是想射杀狐狸雷迪。这个时候，德鲁默心里突然咯噔一下，犯起嘀咕来：农夫布朗的儿子有可能会猜到我敲击树干的目的——给狐狸雷迪发警报。要是我的意图不幸被他猜中的话，哦，上帝保佑——上帝保佑——幸好我还可以挪个窝继续发送警报。鼓手啄木鸟德鲁默于是悄悄地溜到树干的另一侧，而后更加卖力地敲击树干。他停下来喘口气儿的时候，每次都会借机向芳草地望去，想看看狐狸雷迪到底有没有听到他所发出的警报。

实际情况却是，狐狸雷迪真真切切地听到了警报声，可他却对警报声置若罔闻。要想让生活在芳草地和绿森林一带的小动物们对他心悦诚服的话，这可是一个千载难逢的机会。雷迪在那里逍遥自在地小跑着，就在猎狗鲍泽即将咬住他的尾巴的当儿，他猛地把尾巴一收，突然加速奔跑，飞也似的溜掉

了。猎狗鲍泽自然不是狐狸雷迪的对手。他只好鼻子贴着地面,一边循着雷迪留下的气味在后面追,一边扯着响亮的嗓门儿凶狠地吠叫着。

我们知道,狐狸雷迪一旦脑袋发热、忘乎所以,做起事来肯定会顾头不顾尾。他根本就没有去看前方的路,而是边跑边东张西望,想看看都有谁正在艳羡他的勇敢和机智。结果,雷迪把自己正往哪里跑这件事忘得一干二净,径直向鼓手啄木鸟德鲁默所待的那棵树奔去。

其实,狐狸雷迪的眼睛和耳朵都尖着呢。没错,先生,我说的全都是真的!不过,现在他却和一个聋子没什么两样,耳朵里似乎已经塞满了棉花。想到猎狗鲍泽被自己耍得晕头转向,想到其他小动物对他交口夸赞，他忍不住得意忘形地笑了起来。突然，他听到鼓手啄木鸟德鲁默正在"哪哪哪、哪哪哪"地敲击着树干。他这才意识到"有危险，快点躲开"！

有那么一会儿，狐狸雷迪恍惚间觉得自己的心脏已经停止跳动。猎狗鲍泽马上就要追上他了，想停下来已经不太现实。这个时候，狐狸雷迪的敏锐眼睛看见鼓手啄木鸟德鲁默正站在接近树顶的地方，正满目惊恐地往下看呢。雷迪飞快地扫了一眼那棵大树的树根处，惊恐地发现一个黑洞洞的枪口正对着自己，枪口的末端是农夫布朗的儿子的那张长满雀斑的脸儿。雷迪差点儿没透过气来，他急忙掉头，差点儿跌坐到地上。雷迪发疯般地狂奔起来，他长这么大，还没有谁见过他跑得这么快。看上去，他简直就是手脚腾空，四肢根本就不沾地上的花草。他的眼睛里充满惊恐，眼珠子几乎就要蹦出来了，每一步看上去都比前一步要快上一些。

砰！砰！两道火光和两团黑烟从那棵大树的后面嗖嗖地飞了过来。鼓手啄木鸟德鲁默发出一声惊

恐的尖叫，飞进了绿森林的深处。彼得兔赶紧卧倒，躲到了灌木丛里。土拨鼠约翰尼一头扎进了他的洞里。

狐狸雷迪发出一声惨叫，那是一声撕心裂肺的惨叫。而后他一瘸一拐地跑掉了。

幸好农夫布朗的儿子没有看到这一幕。他误以为自己没有打中那只狐狸，只好悻悻地说：

"他偷走了我的宠物鸡，我一定要抓住这只狐狸！"

狐外婆格兰尼悉心照顾雷迪

狐狸雷迪的腿又疼又沉,走起路来步履蹒跚。但此时此刻他却不能停下来,他必须把猎狗鲍泽远远地甩在后面,才有可能把鲍泽搞得晕头转向,才有可能甩掉这个讨厌的尾巴。这是他这辈子要完成的最艰巨的任务。雷迪好不容易才一瘸一拐地回到家中,他竭力憋住不让自己哭出来,但是他的眼泪还是哗哗地从脸颊上滚落了下来。"哎哟!哎哟!哎

哟!"雷迪一边拖着伤腿往门口走,一边嗷嗷地呻吟个不停。

"到底发生了什么事?"狐外婆格兰尼没好气地质问雷迪。她刚刚美美地睡了一小觉,现在还在晒太阳呢。

雷迪答道:"我——我受伤了。"

这时,他哭得更加伤心了。

格兰尼恶狠狠地瞪了雷迪一眼。"你到哪里野去了?铁丝网把你的外套刮破了,还是荆棘丛把你刺得遍体鳞伤啊?你已经不小了,应该学会好好照顾自己!"狐外婆格兰尼一边没好气地说,一边来到门口,查看雷迪的伤势。

"请您不要责备我,请不要这样,格兰尼外婆。"雷迪可怜巴巴地恳求道。突然,他的肚子和他的那条伤腿一阵钻心的疼痛。

狐外婆格兰尼仔细查看了一眼雷迪的伤口。马上就明白了事情的原委。她让雷迪把身体伸直，而后开始给他清理伤口，她小心翼翼地把伤口清洗干净，然后用绷带把伤口包扎好。年长的狐外婆格兰尼总是温柔地触碰雷迪的伤口，不过，她的那张嘴可一直没有闲着，她长着一张刀子嘴。没错！碰上这种事，搁谁都不会有好气儿的。

我们知道，狐外婆格兰尼见多识广，精明世故，她的眼睛还贼尖贼尖的。她一眼就看出雷迪的伤口是枪伤。雷迪肯定马虎大意来着，要不就是跑到自己不该去的地方去了。

"我希望经历了这件事之后，你能不再粗心大意或者出去到处逞能！"狐外婆格兰尼教训雷迪说，"你的眼睛、你的耳朵、你的鼻子都是干什么用的？它们是用来让你远离危险的。"

　　你这只小狐狸呀，请擦亮你的眼睛，
　　不听好人言，迟早会胆战又心惊。

　　你这只小狐狸呀，竖起耳朵仔细听，

每一种动静，你都必须要分辨得清。

你这只小狐狸呀，请用鼻子仔细嗅，
确定没有危险，你才能继续往前走。

请学我，把眼睛、耳朵、鼻子齐调动，
这样，你才能长命百岁，没灾又没病。

"好了，现在你老老实实地告诉我，你到底出了什么事，雷迪？！现在是酷暑难耐的季节，猎人们是不会顶着烈日捕杀狐狸的。我就不明白了，为什么撞到农夫布朗的儿子的枪口的那个人偏偏是你呀？！"

狐狸雷迪于是告诉狐外婆格兰尼，他跑的时候没怎么用心，结果差点儿一头撞到一棵大树上，倒霉的是，农夫布朗的儿子恰好躲在那棵大树的后面……不过，他四处逞能以及在光天化日之下偷走农夫布朗的儿子的宠物鸡等一系列糗事，他却只字未提。你大概已经猜到了，雷迪一直都在刻意隐瞒这些细节。

狐外婆格兰尼于是皱紧眉头，想来想去，想去想来，绞尽脑汁想弄明白农夫布朗的儿子为什么会在这个季节出门打猎。

"呱呱呱！"远处突然传来小黑乌鸦布莱基的叫声。

狐外婆格兰尼的脸突然多云转晴。"呃，肯定是这样的，小黑乌鸦布莱基去偷农夫布朗的儿子的东西的时候，恰好被他撞见。可是呢，他没能逮着布莱基，只好拿雷迪出气。"格兰尼大声地自言自语。

狐狸雷迪顿时羞得满脸通红。不过，他一句话也没有说。

彼得兔听说了一个新消息

土拨鼠约翰尼上气不接下气地跑到老沙窝的洞口处。我们知道,约翰尼生得又圆又胖,活似一个小木墩儿,就这么一点儿路,已经让他气喘如牛了。土拨鼠约翰尼把头探进老沙窝里,两眼放着兴奋的光芒,想立马就找到彼得兔。

"彼得!彼得兔!喂,彼得!"他大声叫道。可是,彼得兔一点儿回应也没有。土拨鼠约翰尼感到

非常扫兴。天儿还早着呢,他觉得彼得兔一定在家。他于是又叫了一遍。

"喂,彼得!"听起来他的叫声都快劈了。

"你想干什么?"老沙窝深处终于传来彼得兔迷迷糊糊的说话声。

土拨鼠约翰尼立刻满脸放光。"彼得,快点出来,到我可以看见你的地方来。"约翰尼大声说。

"走开,土拨鼠约翰尼!我困着呢。"彼得兔说。听上去,他挺不高兴的。昨晚,彼得兔在外面疯了一夜。他经常这么干。

"我有条新闻想要告诉你,彼得。"土拨鼠约翰尼急切地说。

"你怎么保证你的新闻没有过时呀?"彼得兔问。就在这个时候,土拨鼠约翰尼注意到彼得兔好像已经不像刚才那么生气了。

"我敢打包票,我提供的绝对是最新消息。因为,这件事只有我一个人知道。我知道你肯定会对它感兴趣的,所以就风风火火地跑来,打算把它告诉你。"土拨鼠约翰尼回答道。

"喊!"彼得兔鄙夷地说道,"你的消息和这里的沙丘一样,早就老掉牙了。太阳一落山,你们这些家伙就会上床睡觉,新闻变成旧闻的时候,你们才会听说。你到底要告诉我什么呀?"

"是和狐狸雷迪有关的事儿。"土拨鼠约翰尼刚开口,就被彼得兔打断了。

"省省吧,土拨鼠约翰尼!你的消息得到的太晚了!农夫布朗的儿子打了狐狸雷迪一枪,是吧?这件事昨天晚上已经传遍整个芳草地了!"彼得兔揶揄约翰尼道,"这已经不是什么新闻了。你屁颠儿屁颠儿地跑到这里,就是要告诉我这个呀?!这件事在你昨天晚上上床睡觉以前,我就已经知道了!雷迪那是罪有应得。希望他的腿会瘸上至少一个星期。"彼得兔继续说道。

"他无法走路了!"约翰尼得意扬扬地大声说。

他确定彼得兔还不知道这条消息。

"怎么回事儿？"彼得兔吃惊地问道。此时，土拨鼠约翰尼听见彼得兔沿着老沙窝里面的秘密小道往外面跑的声响。

不多一会儿，睡眼惺忪的彼得兔把头探出老沙窝，而后温顺地咧开嘴笑了起来。"刚才你说狐狸雷迪怎么了？"他又了问一遍。

"我想没有这个必要了吧，万事通先生。"土拨鼠约翰尼揶揄彼得兔道。

"哦，快点儿告诉我吧，约翰尼。"彼得兔恳求道。

土拨鼠约翰尼最后只好认输。"我说雷迪无法走路了。听到这个，你是不是非常高兴呀，彼得？"

"你是怎么知道的？"彼得问。彼得对狐狸雷迪

一直存有戒心,他必须时刻提防着雷迪的各种诡计。

"臭鼬吉米告诉我的。今天一大早,他从雷迪的家门前经过,看见雷迪试图下地走路。雷迪一遍又一遍地尝试,但始终没能成功。所以,这一阵子,你用不着时时刻刻提防雷迪了,彼得。雷迪这是活该,不是吗?"

"走,我们爬上小山坡,亲自去看一看,看看吉米说的到底是不是真的!"彼得兔突然打断约翰尼的话。

"没问题。"土拨鼠约翰尼说。之后,他们俩结伴向小山坡走去。

狐狸雷迪让彼得兔心生怜悯

彼得兔和土拨鼠约翰尼悄悄地爬上小山坡，然后蹑手蹑脚地向狐狸雷迪的家走去。快接近雷迪家的时候，他们悄悄地从一个草丛溜到另一个草丛，而后又从一个灌木丛溜到另一个灌木丛。每到一个地方，他们都要先停下来，看看情况，听听动静。他们可不想冒任何风险。土拨鼠约翰尼倒不怎么怕狐狸雷迪，因为雷迪是他的手下败将。不过，他非

常惧怕狐外婆格兰尼。但他们祖孙俩彼得兔都怕。离狐狸雷迪的家越近,彼得兔的心里就越不安,就越紧张。这是因为,一直以来狐狸雷迪为了能捉住彼得兔已经玩弄了各种各样的花招。所以,彼得兔不敢确定雷迪这次是不是又在耍花招。彼得兔于是不停地东张西望着,准备一旦发现危险,便立刻逃走。

他们蹑手蹑脚地爬到一个制高点上,朝雷迪的

家门口望去。彼得兔和土拨鼠约翰尼趴在灌木丛里,耐着性子观察那里的动静。等了一小会儿,他们看见狐外婆格兰尼出来了。她先是用鼻子嗅了嗅屋外的空气,而后沿着山野小路快步往山下跑去。土拨鼠约翰尼长舒了一口气。现在,那里只剩下狐狸雷迪了,他感到自己安全了。不过,彼得兔依然保持着警惕。

"我每往前迈出一步,都得小心防备着雷迪。"彼得兔小声地嘟囔着。

就在这个时候,土拨鼠约翰尼把一根手指竖在嘴唇前,而后用另一只手指了指前方。彼得兔看见狐狸雷迪吃力地爬出家门,来到了阳光下。彼得兔往前伸了伸脖子,想看个清楚。狐狸雷迪到底是受了重伤呢,还是在假装受伤?

雷迪费了九牛二虎之力,龇牙咧嘴地爬到家门口。而后他试图站起来,往前走

几步。但是,他的那条伤腿不但让他疼痛难忍,而且让他像一根木头般僵硬,他根本无法行走。于是,他只能往前爬。雷迪并不知道有人正在远处监视着他的举动,他每往前爬一步,脸就会痛苦地抽动一下。他的伤腿一动就疼。

彼得兔躲在灌木丛里,这一幕他全都看见了。现在,他已经确信雷迪不是假装受伤。他还知道,他再也不用惧怕狐狸雷迪了。彼得兔兴奋地振臂一呼,而后跑出了灌木丛。

雷迪往这边看了过来,装腔作势地冲着彼得兔龇牙咧嘴,但是,他的脸反而痛苦地抽动起来。我们知道,他只要一动,伤腿就会疼得要命。

"我想,看见我现在这个样子,你肯定高兴得要死。"雷迪装腔作势地冲着彼得兔大吼大叫。

现在,彼得兔有一万条理由幸灾乐祸,因为狐狸雷迪曾经想尽办法要抓住彼得兔,想把彼得兔送给狐外婆格兰尼当作晚饭;每一次,彼得兔都是九死一生。看到雷迪这副狼狈相,一开始彼得兔高兴得不得了。不过,这股兴奋劲过去以后,彼得兔温

他已经确信雷迪不是假装受伤。

柔的大眼睛里突然噙满悲悯的泪水——雷迪实在是太无助、太痛苦了。

过去,狐狸雷迪时时刻刻威胁着彼得兔的身家性命,曾经无数次诱他上钩;可是,此时此刻,彼得兔已经把这些全都抛到了脑后。雷迪曾经的种种讨厌行径,彼得兔已经全不放在心上了。

"可怜的狐狸雷迪,"彼得兔说,"可怜的狐狸雷迪。"

狐外婆格兰尼回来了

狐外婆格兰尼踏着小碎步跑上小山坡。她这是在往家走。她给狐狸雷迪逮了一只肥嫩的小鸡。可怜的雷迪！不消说,这一切都是雷迪的错——他到处招摇撞骗,又顾头不顾尾。不然的话,他不会误打误撞地跑到农夫布朗的儿子藏身的那棵大树的跟前的。

不过,这些内情狐外婆格兰尼都不知道,还蒙

在鼓里。她永远不会犯类似的错误。没错,她绝对不会的!此时,她已经来到小山坡的顶上,她的家已经映入她的眼帘。

她把那只小鸡放到地上,而后爬进灌木丛里,回头观望着芳草地,想知道她来时的路上是不是空无一人。她知道,猎狗鲍泽此时此刻正被链子牢牢地拴着。之前,她还看见农夫布朗和他的儿子正在玉米地里锄草。所以,她不用担心猎狗鲍泽和农夫布朗父子俩。

然后,狐外婆格兰尼又看了看自家的门口。她看见狐狸雷迪正躺在地上晒着太阳。接下来,她突然看到前面有个人,她不禁两眼放光,牙齿咬得咯咯响。那个人不是别人,正是彼得兔。他正直着身子,离狐狸雷迪最多只有两三米远。

"啊哈,这个年轻的无赖不正是彼得兔吗?前段时间我卧病在床的时候,雷迪就想把他捉来孝敬我,但始终没有捉住他!这回可好了,我恰好可以让狐狸雷迪开开眼,让他知道她捉住彼得兔简直就是小菜一碟。哈哈,再过一会儿,雷迪就可以有肥嫩的兔肉和鲜嫩的鸡肉打发馋虫了!"狐外婆格兰尼自言自语道。

狐外婆格兰尼于是对每一丛野草和灌木都做了十分细致的观察。她发现,悄悄地爬到彼得兔坐着的地方同时又不让他察觉,并不是什么难事儿。之后,格兰尼往左瞧了一阵子,又往右看了一阵子,确认周围没有其他人。

芳草地一带没有人看见狐外婆格兰尼的所作所

为。狐外婆格兰尼偷偷地从一丛野草溜到另一丛野草中，又从一丛灌木溜进另一丛灌木中。必要的时候，她就匍匐前行，一寸一寸地往前爬行。就这样，狐外婆格兰尼离彼得兔越来越近，越来越近。

狐外婆格兰尼虽然老于世故，但是，她还是忽略了一件重要的事儿。没错！她忽略了一件重要的事儿。她没有抬头观察天空的情况。秃鹫巴扎德老先生一边在碧蓝碧蓝的天空盘旋着，一边不时地鸟瞰地上的动静。地上的任何风吹草动都逃不过他的眼睛。

秃鹫巴扎德老先生是个聪明的家伙。他一看，

便知道狐外婆格兰尼正在耍什么样的阴谋诡计——就跟他完全读懂了她的心思似的。巴扎德眨了眨眼睛。

"嗯,绝对不能让彼得兔小鬼受到任何伤害,绝对不能!"秃鹫巴扎德老先生喃喃自语道,而后他失声笑了起来。

秃鹫巴扎德老先生将自己宽大的翅膀一斜,掉头向地面飞去。一眨眼的工夫,他便来到了狐外婆格兰尼的身后。

"你是不是一直都是爬着回家呀,狐外婆格兰尼?"秃鹫巴扎德老先生冷不丁地问道。

狐外婆格兰尼着实被吓了一大跳。因为在此之前,一点儿声响都没有。她的魂儿差点儿给吓丢了。不消说,彼得兔立马便发现了狐外婆格兰尼。他像出膛的

子弹似的,飞奔而去。

狐外婆格兰尼龇出一嘴尖利的牙齿。"我希望你少管闲事,巴扎德先生!"她怒吼道。

"遵命,遵命,俺遵命就是!"秃鹫巴扎德老先生一边说,一边展翅飞进碧蓝碧蓝的空中。

那只小鸡不见了

早些时候,狐外婆格兰尼为了能腾出手来去捉彼得兔,便把自己要送给狐狸雷迪的那只小鸡暂时放到了小山坡上。她原本打算捉住彼得兔以后,再立马回来取那只小鸡。现在,她却只能眼睁睁地看着彼得兔活蹦乱跳地在芳草地上飞奔。格兰尼气得差点儿背过气去,气得在那里上蹿下跳,草地都被她踏坏了。她一边跳脚,一边咯咯地磨着她那些尖

利洁白的牙齿。格兰尼愤怒地瞪着天空中的秃鹫巴扎德老先生,都是他坏了她的好事儿,都是他给彼得报兔了警。可是,格兰尼除了能咒骂秃鹫巴扎德老先生一阵子以外,也别无他法;而且她也是白费唾沫星子,因为一眨眼的工夫秃鹫巴扎德老先生就已经飞到碧蓝碧蓝的万里高空之中去了,格兰尼的咒骂,他是无缘听见了。狐外婆格兰尼简直就要气炸了!格兰尼要是不这么生气的话,应该还能发现屏住气躲在一丛野草之中的土拨鼠约翰尼的。

土拨鼠约翰尼的心脏怦怦直跳。没错,土拨鼠约翰尼给吓得个半死。他以前和狐狸雷迪打过架,把雷迪打得落花流水。但是,他心里清楚得很,他根本不是狐外婆格兰尼的对手。

狐外婆格兰尼不再践踏野草,悻悻地一溜小跑回家去看狐狸雷迪的时候,土拨鼠约翰尼才敢鬼鬼祟祟

地往远处爬去，爬到离那两只狐狸的家足够远的地方以后，他才撒腿飞奔起来。他跑得那个快呀！肥嘟嘟的土拨鼠约翰尼跑到家的时候，已经累得上气不接下气了。他实在是累坏了，一屁股跌坐在门槛儿上，大口大口地喘着粗气。

"谁让我这么好奇来着，我活该倒霉！"土拨鼠约翰尼自言自语地说。

恰好就在这个时候，狐狸雷迪抬起头，看见狐外婆格兰尼正急匆匆地往回跑。雷迪非常虚弱，已经饿得头晕眼花、前心贴到后背上了。不过，他觉得狐外婆格兰尼肯定会给他带来可口的早餐的。听到格兰尼的脚步声，雷迪禁不住口水直流。

狐狸雷迪问道：

"您有没有给我带来好吃的东西呀，外婆？"

刚才狐外婆格兰尼打算偷袭彼得兔的时候，被秃鹫巴扎德老先生冷不丁地这么一吓，顿时慌了神儿，煮熟的鸭子给飞了，留在山坡上的那只小鸡

也给忘得一干二净。狐狸雷迪这么一问,她方才想起它。不过,她还在气头上,不想回去取那只小鸡。

"没有!"她怒气冲冲地嚷道,"我没有找到什么吃的东西!——没有东西吃,你这是活该。你的心眼儿要是足够使的话,"——说到"心眼儿"这个词语的时候,狐外婆格兰尼特意强调了一下——"你的心眼儿要是足够使的话,你就不会受伤;你不受伤,就可以自己去找吃的。"

狐狸雷迪不知道"心眼儿"是什么意思。不过,他却真真切切地知道自己非常非常饿。几滴失望的眼泪流了下来。这一幕狐外婆格兰尼全看在眼里。

"好了,好了,雷迪!别哭了。我给你抓到了一只肥嫩的小鸡,我刚才放在小山坡上了,我这就去把它拿回来。"狐外婆格兰尼说。

说完,狐外婆格兰尼跑回到那个小山坡上。之前,她打算偷袭彼得兔的时候把小鸡放在了那里。她跑到那里一看,立马傻了眼,那只小鸡竟然不见了。它不见了,上帝啊!这里连那只小鸡的一丁点儿影子也没有——她只在那里发现了几根鸡毛。狐外婆格兰尼简直不敢相信自己的眼睛,她仔细地东看西瞧,西瞧东看,除了几根鸡毛以外,什么也没有。狐外婆格兰尼不禁勃然大怒。

狐外婆格兰尼诬赖臭鼬吉米

狐外婆格兰尼不敢相信自己的眼睛。没错！她不敢相信自己的眼睛。她不停地揉自己的眼睛，想确定自己没有看错。没错，那只小鸡确实已经不翼而飞。更可气的是，地上一点痕迹也没有，想知道那只小鸡到底被谁偷走了，那真是难上加难。

这实在是太诡异了。狐外婆格兰尼坐到地上，想知道谁会有那个胆儿偷她的东西。之后，她站起来，鼻子贴着地，在这一带兜了整整一圈儿，在那里闻啊闻，闻啊闻。她这是干什么呀？呃，她这是想找出那个偷鸡贼留下的气味。

"啊哈，我知道了！"狐外婆格兰尼大叫一声，而后向小山坡的顶部跑去。她边跑边用鼻子贴着地面嗅。"啊哈，我知道了！这次，他肯定逃不掉的！"

过了一小会儿，格兰尼的脚步逐渐慢了下来。每往前跑两三步，她就会抬头往前看一看。这时候，她的双眼突然发出异样的光芒，而后她趴到地上，开始匍匐前行。她打算偷袭彼得兔的时候，就是这副德行。不过，这次她的目标不是彼得兔，而是——

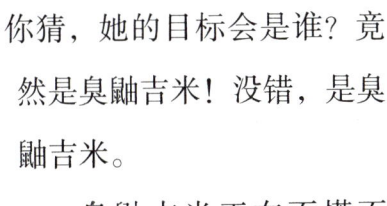

你猜，她的目标会是谁？竟然是臭鼬吉米！没错，是臭鼬吉米。

臭鼬吉米正在不慌不忙地走着路。他是一个天生的慢性子。只要是他能搬得动的大树枝或者石头什么的，他就会把它们翻起来。

原来,吉米正在捉甲虫吃。

狐外婆格兰尼盯着臭鼬吉米看个不停。"他的胃口可真大,刚偷吃完我的小鸡,又开始到处捉甲虫吃!"她嘟囔道。而后她突然跳到臭鼬吉米的面前,两眼凶光毕露,龇牙咧嘴,背上的毛全都倒竖了起来,一副凶猛异常的样子。不过,格兰尼是一个谨小慎微的人,没有忘记要和臭鼬吉米保持一定的距离。

"我的小鸡哪里去了?"狐外婆格兰尼怒吼道。她看上去特别特别彪悍。

臭鼬吉米抬起头，惊得目瞪口呆。"您好，狐外婆格兰尼！"他友好地打招呼说，"你丢了一只小鸡，是吗？"

"你偷了我的那只小鸡！你是一个无耻的小偷，臭鼬吉米！"格兰尼吼叫道。

> 您千万不能不分皂白青红，
> 开口之前，请您三思而行。

臭鼬吉米说。

"我不是小偷。"吉米继续说道。

"你就是！"格兰尼歇斯底里地大叫道。

"我不是！"

"你是！"

不过，臭鼬吉米一直都在笑。吉米笑得越开心，狐外婆格兰尼心中的怒火就越旺。在整个吵架过程中，臭鼬吉米一直不断往狐外婆格兰尼的身前凑，而狐外婆格兰尼呢，一直都在往后退。和生活在芳草地和绿森林一带的其他小动物一样，狐外婆格兰

尼也非常害怕臭鼬吉米的那个小小的臭屁袋。

我们知道,狐外婆格兰尼是在往后退,她根本就不可能知道身后的状况,等她发觉不对头的时候,她已经退进一丛带刺的灌木里了。那丛灌木撕烂了她的裙子,扎得她遍体鳞伤。"哎哟哟!"狐外婆格兰尼痛苦地呻吟道。

"哈哈哈!"臭鼬吉米得意地大笑了起来,"你竟敢诬赖我偷了你的小鸡,你这是自作自受。"

狐外婆格兰尼知道了小鸡的下落

　　狐外婆格兰尼本来就气得火冒三丈。没错,没错,狐外婆格兰尼本来就气不打一处来!现在,臭鼬吉米却又这么幸灾乐祸地取笑她,格兰尼的火气就更大了。看到格兰尼气成这样,臭鼬吉米兴奋得捧腹大笑,在地上翻来滚去。他的肚子都快给笑破了。当然啦,臭鼬吉米这么对待格兰尼的确有点儿说不过去。可是,我们也知道,是狐外婆格兰尼挑

的头儿，这全都怨她诬赖臭鼬吉米是个小偷。再说了，吉米本来就不怎么喜欢狐外婆格兰尼，生活在芳草地和绿森林一带的其他小动物也不怎么待见狐外婆格兰尼。他们中的绝大多数人见到她都极其犯憷。

狐外婆格兰尼灰头土脸地从那带刺的灌木丛里爬出来以后，没再和臭鼬吉米争吵，而是急匆匆跑开了。她一边跑，一边恶狠狠地咕哝着什么，抱怨着什么，恨得咬牙切齿。这个时候的狐外婆格兰尼看起来一点都惹不起，浣熊鲍比看见她往自己这边跑来的时候，他想还是别挡她的路为好。于是他爬到了树上。

倒不是因为浣熊鲍比有多么害怕狐外婆格兰尼。我敢对天发誓，绝对不是！浣熊鲍比根本就不惧怕她。鲍比之所以躲开她，那是因为现在他的肚子刚刚填得饱饱的，他感到非常舒服，懒得去跟格兰尼拌嘴。

"早上好，狐外婆格兰尼。希望您今早心情不错。"狐外婆格兰尼跑到浣熊鲍比待的那棵大树下面时，鲍比礼貌地招呼道。狐外婆格兰尼抬起头，往树上看去，黄色眼珠子里的怒火熊熊燃烧。

格兰尼没好气地回答道：

"今儿早一点都不好，我的心情糟得很！"

浣熊鲍比惊呼道：

"上帝啊，您的裙子怎么给扯破了呀！"

一开始，狐外婆格兰尼打算骂几句多管闲事的浣熊鲍比。不过，她却突然改变了主意，随即在树下坐了下来，她要把自己今儿早遭遇的所有的倒霉事儿全都讲给浣熊鲍比听。狐外婆格兰尼大倒苦水的时候，浣熊鲍比一直把头躲到树杈后面，尽量不让格兰尼看见他在偷笑。不过，狐外婆格兰尼还是发现了异常。

"你为什么把头藏到树杈后面，浣熊鲍比？"狐外婆格兰尼满腹狐疑地问。

"我在四处观望呢，看能不能帮您找到您那只小鸡的蛛丝马迹。"浣熊鲍比一边一本正经地回答格兰尼，一边调皮地眨巴着眼睛。

"哦，你找到了吗？"狐外婆格兰尼问。

就在这个时候，浣熊鲍比看到了一些鸡毛。不过，那些鸡毛不是在地上，而是正在空中随风飘舞。

浣熊鲍比于是探了探身子，想看清楚那些鸡毛是从哪里飘来的；格兰尼也转过身，想看个清楚。你猜，他们看见了什么？呃，他们看见苍鹰戈肖克先生正坐在一棵高高的枯树上，自顾自地吞食着狐外婆格兰尼的那只小鸡呢。它只剩下了最后那么一小口。

"小偷！小偷！强盗！强盗！"狐外婆格兰尼尖叫道。

可是，苍鹰戈肖克先生根本就不理狐外婆格兰尼的碴儿。他朝浣熊鲍比挤了一下眼，又抖了抖身上的羽毛，接着，他打算舒舒服服地睡上一觉啦。

狐狸雷迪的家中来了一位客人

狐外婆格兰尼兴冲冲地去小山坡找她的那只小鸡的时候,负鼠比利大叔正沿着山野小路四处闲逛。比利大叔刚刚吃了一顿不错的早饭,此刻,他正一边哼着欢快的小曲儿,一边瞎逛呢。微风梅里众兄弟中的一个恰好看见了他,就急匆匆地跑到他的面前,把狐狸雷迪中弹的消息告诉了他。

比利大叔听着听着,不禁哈哈大笑起来。

"你说的都是真的？"比利大叔问。

微风梅里众兄弟中的那个小伙子说，他说的全是真的。

负鼠比利大叔停下脚步，认真地思考起来。

"狐狸雷迪这完全是自作自受，"比利大叔低声笑道，"农夫布朗的养鸡场里养了很多只母鸡，可雷迪总把那里搞得鸡犬不宁，害得俺都没机会到那里借母鸡吃了。哼，俺们再也不能到养鸡场去了！哼，俺说得一点不错，现在再去那里肯定会很危险；而且，未来的一段时间里都会很危险的。对了，狐外婆格兰尼在不在家？"

微风梅里众兄弟中的那个小伙子一直都没把狐外婆格兰尼放在心上。不过，现在听比利大叔这么一问，他倒是想起来了，狐外婆格兰尼到她家前方的那个小山坡去了。

"俺觉得俺应该去慰问一下狐狸雷迪。"负鼠比利大叔一边说，一边往雷迪家的方向走去。搞清楚狐外婆格兰尼确实不在家之后，比利大叔才敢现身。

狐狸雷迪正坐在门口。他的伤势非常严重，那条伤腿已经发炎化脓，变得僵直。没错，他的腿现在僵得跟一根木头似的，害得他根本就走不了路。他看上去还非常虚弱——非常非常虚弱，他看上去非常饥饿，饿得头昏眼花。狐狸雷迪听到脚步声的时候，还以为是狐外婆格兰尼带着那只小鸡回来了呢。雷迪实在是太虚弱了，连转头看看的力气都没

有了。

"您找到那只小鸡没有,外婆?"雷迪有气无力地问。可是,没有人搭腔。

"呃,您找到那只小鸡没有,外婆?"这次,雷迪的声音听上去有点儿尖利,有点儿不耐烦。

还是没有人搭腔。雷迪觉得有些不对劲儿,赶紧抬起头。上帝啊,来人不是狐外婆格兰尼,而是负鼠比利大叔。他正冲着雷迪咧嘴嘿嘿地傻笑呢。比利大叔一边笑,一边唱道——

> 有个小偷,自以为天下无双!
> 谁知,聪明过头反而遭祸殃!
> 到处臭显摆,四处寻开心,
> 谁知跑来跑去撞到了枪口上。

唱完以后,负鼠比利大叔一本正经地大声说:"你是自作自受。哈哈,看看你这副德行,简直要笑死人!哈哈,简直要笑死人!"

狐狸雷迪眼里放射出愤怒的凶光,有那么一会

儿，他的眼睛都变绿了。可是，雷迪实在是太虚弱了，根本就没力气跟比利大叔争吵。负鼠比利大叔也看出来了。看到雷迪这么痛苦，比利大叔的内心深处不禁对雷迪泛起一丝丝同情。不过，这些不能让雷迪看出来。哦，比利大叔当然不能表现出来！比利大叔于是继续装出一副幸灾乐祸的样子。不过，负鼠比利大叔不敢在这里多待，狐外婆格兰尼随时都会回来。于是，他又说了几句难听的话之后，便跑上山野小路，向绿森林跑去。

"实在是太惨了！实在是太惨了！"负鼠比利大叔自言自语地嘟囔道，"要是狐外婆格兰尼喂不饱狐狸雷迪的话，俺得好好想想俺们能为雷迪做些什么。俺一定不会丢下雷迪不管的。"

负鼠比利大叔去了一趟微笑池塘

水獭小乔和水貂比利正坐在微笑池塘中的大石头上。他们闲得无事可做,决定搞个恶作剧玩玩。麝鼠杰里正忙着往新房子里搬运食物,为过冬做准备,没时间瞎掺和。

突然,水貂比利神秘兮兮地把手指放在嘴唇上,示意水獭小乔不要动。原来比利的那双锐利的眼睛看见灯芯草草丛里有动静。他们俩死死地紧盯着那

里，准备一有危险，立马一头扎进微笑池塘里。几分钟以后，灯芯草草丛被扒拉开了，一张瘦削尖长、饱经风霜的小脸蛋儿探了出来。水獭小乔和水貂比利齐齐松了一口气，而后他们的眼睛里突然放出狡黠的光芒。

"您好，负鼠比利大叔！"水貂比利大声招呼道。

灯芯草草丛里露出的那张脸上绽放出迷人的笑容。

"你们都好吧!"那人大声说。没错,是比利大叔。

"是哪股风把您吹到这里来的?"水獭小乔说。

"俺闲来无事,到这里逛逛。"负鼠比利大叔一边说,一边眨了眨眼睛。

"狐狸雷迪受伤了,您听说了吗?"水貂比利大声说。

"俺刚去过他家。"负鼠比利大叔说。

"他现在怎么样?"水獭小乔问。

"他伤得不轻,看上去非常痛苦。"负鼠比利大叔一边说,一边严肃地摇了摇头。接下来,比利大叔告诉水貂比利和水獭小乔,雷迪的那条伤腿又僵又硬,他也虚弱得很,根本没法自己去找吃的。比利大叔还告诉他们,狐外婆格兰尼给雷迪抓的那只小鸡也丢了。

"雷迪是自作自受!"水貂比利兴奋地说。狐狸雷迪曾经无数次戏弄他,还趁乱捉走了很多条鱼,这些事水貂比利一刻也不敢忘记。

负鼠比利大叔点了点头。"你说得对。你说得

对!没错,俺完全同意你的话。你是否也挨过饿,水貂比利——是饿得要命的那种?"负鼠比利大叔问。

水貂比利不禁想起了自己的遭遇——有一次,黑冠夜鹭奈特先生把水貂比利的晚饭给抢走了,结果,他只好装着一肚子闷气走开了。想到这里,水貂比利点了点头。

"俺非常想知道,"负鼠比利大叔接着说,"你有能力自己捕猎,可你偏偏无能为力,结果饿得头昏眼花,你会是怎样一种感觉?"

有那么一会儿,这里冷了场。这时,水貂比利突然站起来,伸了伸懒腰。"再见!"水貂比利说。

"你这是要到哪里去呀?"水獭小乔问。

"你一定想知道的话,那我就告诉你。我要去抓一条鱼,然后给狐狸雷迪送去!"水貂比利大声说。

"好主意!"水獭小乔叫道,"你休想一个人独

是哪股风把您吹到这里来的?

享欢乐,水貂比利。我要和你一起去抓鱼。"

微笑池塘里扑通一声溅起一阵水花。现在这里除了微笑池塘和大石头,就只剩下负鼠比利大叔了。他转过身,脸上露出笑容。"我也该去给狐狸雷迪做些什么了。"他一边走,一边自言自语。

狐外婆格兰尼带着一只小老鼠回到家中,却意外地看见狐狸雷迪正在那里打盹儿呢。他的肚子吃得圆鼓鼓的。她还看见雷迪身边不远处有两条鱼尾巴和一堆小鸭子的绒毛。

农夫布朗的儿子决定捕杀雷迪

农夫布朗的儿子已经下定了决心。他咬牙切齿，上下两瓣嘴唇儿闭成一条细长的直线的时候，那些和他相熟的人便敢肯定他这是下定决心要去做事。而且，他说干就干。农夫布朗的儿子一边擦拭着枪管，一边悻悻地想念他的那只被狐狸雷迪偷走的宠物鸡以及那些被雷迪偷走的母鸡。

"就是花上一整个夏天，我也要把这只狐狸逮

住！"农夫布朗的儿子气呼呼地说,"上次我开了一枪之后,我真应该继续对他穷追不舍。下次我绝对不会放过他。我们走着瞧吧,狐狸先生。下次我对你绝不轻饶。"

农夫布朗的儿子的这番话恰好传进了某个人的耳朵里。不过,他毫不知情。那人便是负鼠比利大叔。他正藏在农夫布朗的儿子坐的那堆木头下面。比利大叔竖起了耳朵。他非常讨厌农夫布朗的儿子的口气,并立即想起了狐狸雷迪那条僵硬的伤腿,雷迪到现在还是一瘸一拐的。这全都拜农夫布朗的儿子那一枪所赐。不过还好,农夫布朗的儿子还不知道自己打中了雷迪。

"悲剧绝不能重演。绝对不可以,上帝啊!悲剧绝不能重演。俺虽然不喜欢狐狸雷迪,但是,俺绝对不能眼睁睁地看着他再中一枪。俺绝对不允许这种事情再发生!"比利大叔自言自语地说。

当然喽,农夫布朗的儿子没有听见比利大叔的这番嘀咕。他没有听见负鼠比利大叔的话,他也没有看见比利大叔从这堆木头的下面爬出来后,慌慌张张地跑进养鸡场下面的地洞里。农夫布朗的儿子的心思全放在怎么抓住狐狸雷迪这件事上了。

"即使是要把整个芳草地和绿森林翻个底朝天,我也要不惜一切代价捉住那只狐狸!"农夫布朗的儿子咬牙切齿地起誓说,看来,他是要动真格的了。"我绝不允许我家的鸡再被偷了!绝对不允许,绝对不允许。哼!在芳草地上或绿森林里的某个地方,肯定会有这只狐狸的老窝。我一定要找到它。到时候,有你好看的,狐狸先生!"

农夫布朗的儿子向猎狗鲍泽吹了声口哨,随后他们一起向绿森林走去。

负鼠比利大叔从养鸡场下面的地洞里探出他那张瘦削尖长、饱经风霜的小脸蛋儿,静静地看着他

们俩远去的背影。放在平时,比利大叔肯定会咧嘴笑的。不过,现在他的脸上一丝笑意也没有,有的全是焦虑。

"农夫布朗的儿子拿着猎枪到绿森林里去了。他的枪一响,天知道会发生什么事。即使找不到狐狸雷迪,他也很有可能会把枪口对准其他动物的,他纯粹是为了找乐子。俺希望他千万别碰俺家的老太婆和俺们的那些孩子。拿着猎枪的农夫布朗的儿子真是可怕,真的。农夫布朗的儿子还是个孩子,做事是不计后果的。俺必须马上回家,告诉俺的家人待在俺家的那个老树洞里千万别出来。"负鼠比利大叔一边喃喃自语,一边从藏身的地洞里溜了出来。而后他拔腿向绿森林跑去。

农夫布朗的儿子四处寻找雷迪

麻烦,麻烦,麻烦,他的气味我已经闻见;

麻烦,麻烦,麻烦,给我设下了埋伏十面。

狐外婆格兰尼一面不停地嘀咕着,一面不安地绕着她的家转个不停,用鼻子可劲儿地嗅着空气中的气味。

"我看不出来有什么危险,我也没觉得空气中有不对的气味。要说危险啊,我吃枪子儿的那个地方那才叫一个险哪!"狐狸雷迪说。他正舒舒服服地平躺在自家门口前的地上。

"那是因为你不够机敏。你要是足够机敏的话,你就会步步小心谨慎的,你就不会吃躲在树后的那个男孩的枪子儿了。危险还没有来到你的近旁,你就应该发觉它了,根本用不着等着危险出现。现在,我感觉到有危险正在朝我们走来。你赶紧躲进洞里去,待在里面别出来!"狐外婆格兰尼已经嗅了足有十分钟了,现在已经不再嗅闻空气中的气味了。

"我不想进去,"狐狸雷迪抱怨道,"外面多好啊,暖洋洋的。待在这里要比蜷缩在黢黑的洞里好一万倍。"

狐外婆格兰尼转过身来,两眼里喷着火。她一

句话也没有说。她根本就不需要说什么。狐狸雷迪乖乖地爬进了洞里,嘴里还念念有词。狐外婆格兰尼把头伸进了洞里。

"你待在洞里别出来,一直等到我回来。"她命令道。然后,她又加上了一句:"农夫布朗的儿子正扛着枪往这边走呢。"

听到这番话,雷迪吓得浑身发抖。不过,他不相信狐外婆格兰尼的话,心想,格兰尼这么说肯定是在吓唬他,好让他待在洞里别出来。可是即使是吓唬,他也一样抖个不停。我们知道,他正在领受吃枪子儿的滋味呢,他的那条伤腿仍然又疼又僵,根本就走不了路。这一切全是因为他当时离农夫布朗的儿子太近,还有就是,农夫布朗的儿子当时恰好有枪。

可是,狐外婆格兰尼并没有骗狐狸雷迪。农夫布朗的儿子的的确确正扛着枪往这里走来。千真万确,农夫布朗的儿子现在正沿着山野小路往雷迪的家走来,猎狗鲍泽跑在前面打头阵。狐外婆格兰尼是怎么会知道他们来的呢?她是凭灵敏的感官感觉到的！格兰尼既没有听见他们的脚步声，也没有看见他们的身影，没有闻到他们的气味，她是凭灵敏的感官感觉到的！狐狸雷迪乖乖地钻进洞里以后，狐外婆格兰尼立马像一小束红光似的跑开了。

"我不能让他们发现我们的家。"狐外婆格兰尼一边自言自语，一边消失在绿森林里了。

格兰尼先是急匆匆地跑到小山坡的一个制高点上，站在那里，山野小路上的风吹草动可以尽收眼底。她的预料一点没错，农夫布朗的儿子果真正朝这里走来，猎狗鲍泽走在前面，一路嗅个不停，不曾放过任何一丛灌木。狐外婆格兰尼没有必要再看下去了。她飞快地跑到山野小路上，而后绕道来到农夫布朗的儿子和猎狗鲍泽一会儿就要走到的那条小路上。这里有一个拐弯儿，恰好可以挡住视线，农夫布朗的儿子和猎狗鲍泽看不见她。格兰尼在那条小路上跑了一阵子，而后拐进了附近的树林里；接下来，她又飞快地跑回那个小山坡上，坐下来静观其变。几分钟以后，狐外婆格兰尼便听到了猎狗鲍泽洪亮的吠叫声。鲍泽嗅到了格兰尼刚才在路上

留下的气味儿，一路追了过来。狐外婆格兰尼咧开嘴笑了。我们知道，格兰尼正在试图把农夫布朗的儿子和猎狗鲍泽引到离狐狸雷迪藏身的那个洞很远很远的地方去，不能让他们找到自己的家。

农夫布朗的儿子也露出了微笑。猎狗鲍泽的叫声表明它找到猎物了。

"不抓住这只狐狸，我绝不罢休。"农夫布朗的儿子说。我们知道，他并不知道这一带还生活着另外一只狐狸——狐外婆格兰尼；他还以为猎狗鲍泽正在追踪狐狸雷迪呢。

负鼠比利大叔传递危险消息

"您这是怎么了,比利大叔?您看起来就像失去了最后一个朋友似的。"说话的是臭鼬吉米。

负鼠比利大叔来了个急刹车。他跑得实在是太快了,根本就没瞅见臭鼬吉米。

"出大事了!上帝啊,出大事了!"负鼠比利大叔喘了口气,接着说,"你听见那边的叫声了吗?"

"没错,我当然听到了呀。猎狗鲍泽正在追踪狐

外婆格兰尼。等她玩腻了,她就会甩掉猎狗鲍泽的。"臭鼬吉米说,"猎狗鲍泽有什么可怕的呀?"

"猎狗鲍泽变得比现在聪明以后,才配得上让俺害怕。"负鼠比利大叔不屑一顾地说,"俺不是害怕鲍泽。俺是害怕农夫布朗的儿子和他手里的猎枪!"接下来,比利大叔告诉臭鼬吉米,他刚才藏在农夫布朗家的木头堆底下,听到农夫布朗的儿子说,为了能抓住狐狸雷迪,他愿意不惜一切代价,他情愿把芳草地和绿森林翻个底朝天。

"那又怎么样?"臭鼬吉米反问道,"狐狸雷迪

要是能落入他的手中，不是更好吗？雷迪总给别人制造麻烦。我就不明白了，您为什么要为雷迪担惊受怕呀？雷迪已经长大了，可以照顾自己了。"

"今天上午，你的确有点迟钝，臭鼬吉米。你简直快要笨死了！想想吧，假如撞到农夫布朗的儿子的枪口上的那个人是你的话，假如他已经懒得去追踪狐狸雷迪的话，接下来会发生什么。他肯定会开枪的，臭鼬吉米。到那个时候，他的枪口对着的那个人很有可能就是你！"负鼠比利大叔说。

臭鼬吉米的脸唰地一下白了。"是这样啊，比利大叔，是这样啊！"吉米说，"男孩一有枪，胆子就变壮，变得又肥又壮。他们根本就不去想那些受伤的人会有多痛苦。您说现在我们该怎么办，比利大叔？"

"我们要把即将到来的危险一传十十传百地传开，让生活在芳草地和绿森林一带的每个人都离农夫布朗的儿子远远的。"负鼠比利大叔回答道。

"嗯,好主意,比利大叔!我愿意配合您的行动。"臭鼬吉米说。

接下来,负鼠比利大叔和臭鼬吉米分头行动。每遇见一个人,他们就把即将到来的危险告诉那个人,那个人马上再把危险告诉下一个人。开心果松鼠杰克把消息传给了话匣子红松鼠雷德,话匣子把消息传给了金花鼠五道眉儿,五道眉儿把消息传给了田鼠丹尼,丹尼把消息传给了土拨鼠约翰尼,约翰尼把消息传给了彼得兔,彼得兔把消息传给了飞毛腿野兔黑尔,飞毛腿把消息传给了刺球豪猪普里克利,刺球把消息传给了浣熊鲍比,鲍比把消息传给了水貂比利,比利把话传给了水獭小乔,小乔把消息传给了麝鼠杰里,杰里把消息传给了青蛙爷爷弗洛格。得到消息以后,他们都急急忙忙地躲了起来,识趣地避开了农夫布朗的儿子和他那杆可怕的猎枪。

杰里把消息传给了青蛙爷爷弗洛格。

等了一会儿,看到绿森林里寂静无声,农夫布朗的儿子疑窦顿生。这里一只鸟儿也看不到,也听不到鸟儿的叫声。这里根本就见不到有皮毛的家伙。

"那只狐狸一定把所有的小动物都给吓跑了,把所有的鸟儿都轰走了。我一定要抓住他!一定!"农夫布朗的儿子嘟囔着。他哪里知道所有的鸟儿和小动物早就藏起来了。

狐外婆格兰尼聪明反被聪明误

狐外婆格兰尼急匆匆地穿过茂密的牧场,这里离农夫布朗的家很远很远。今天是一个大热天,她跑得又累又热,心情自然好不到哪里去。猎狗鲍泽追在她的屁股后面,一边闻着她的气味,一边扯着大嗓门儿汪汪地叫着。格兰尼又累又乏,心里憋着气。最后这一段路,格兰尼没怎么使劲儿跑。天气凉快的时候,格兰尼不怎么讨厌奔跑;可现在——

"哦,我的上帝啊,热死人了!"狐外婆格兰尼叹道,而后停下脚步,好喘口气儿。

我们知道,狐外婆格兰尼不但非常非常聪明,而且还非常非常有见识。那些企图捉住她的人都不是她的对手。格兰尼当然有十足的把握可以把猎狗鲍泽耍得团团转,让他根本找不到她的踪迹。可是,格兰尼现在并不打算这么做。没错,她现在不打算这么做!相反,狐外婆格兰尼却在想尽一切办法让猎狗鲍泽可以轻而易举地跟着她的气味走。虽然她现在又累又热又烦躁,但是她却希望鲍泽一直对自己紧追不舍。她为什么这么做?呃,原来她这是要把鲍泽和农夫布朗的儿子引开,让他们远离雷迪养伤的地方。雷迪的伤到现在还没有养好呢。

"汪汪汪,汪汪汪!"猎狗鲍泽一边大叫,一边被狐外婆格兰尼牵着鼻子绕过一个个拐角和弯道。

狐外婆格兰尼牵着猎狗鲍泽的鼻子,在老牧场上来回穿梭，而后又在山脚下的乱石堆里绕来绕去。这里离芳草地和绿森林非常非常非常远。狐外婆格兰尼就是要把农夫布朗的儿子和猎狗鲍泽引到离他们的家很远很远的地方。如果这样的长途跋涉能把农夫布朗的儿子和鲍泽拖垮的话，自己受点累倒也心甘情愿。格兰尼就是要把农夫布朗的儿子和猎狗鲍泽拖垮，然后她再略施小计把他们甩掉，把他们撂在这里。那时候，他们肯定会累得精疲力竭，不会再返回芳草地了。

不多一会儿，狐外婆格兰尼来到一个地洞前，她爷爷曾经住在那里面。这个地洞有个后门，后门的出口通往一个隐蔽的空树干。狐外婆格兰尼钻进地洞，随即从后门溜出来，穿过空树干以后，跳进一条小溪里。溪水非常浅，几乎连她的脚踝都没不过。走在水里，她是不会留下任何气味的。

猎狗鲍泽追到地洞前，在洞口前大叫着。看到格兰尼的足迹通往这个地洞，鲍泽兴奋地狂吠不止。他终于找到狐外婆格兰尼的老窝了，至少他是这么认为的。鲍泽十分确定格兰尼就在洞里。因为这里

留有格兰尼进洞时的新鲜痕迹，却没有她从洞里出来的痕迹。猎狗鲍泽根本就没有想到这里会有后门。退一步说，即使他想到了这一点，他也不可能找到它。因为，我们知道，狐外婆格兰尼是从一个空树干里溜走的。

听到猎狗鲍泽发出狂躁的吠叫，狐外婆格兰尼咧开嘴，得意地笑了。她歇过来以后，便跑上一个小山坡，站在那里遥望地洞的前门。她看见猎狗鲍泽正在那里一边刨，一边叫。

狐外婆格兰尼没得意多久，如潮的忧虑便袭上她的心头。

"农夫布朗的儿子到哪里去了呀？他本应该跟猎狗鲍泽待在一起的啊。"她喃喃自语道。

雷迪不听狐外婆格兰尼的吩咐

临走之前,狐外婆格兰尼吩咐狐狸雷迪好好地待在洞里别出来,在里面等她回来。当时雷迪乖乖地答应了,他知道,格兰尼的指示必须不折不扣地执行。他于是缓缓地爬进长长的地道,爬到深处的卧室里。

不多一会儿,狐狸雷迪隐隐约约地听到了叫声。叫声时有时无。我们知道,雷迪正躺在地下深处的

卧室里。不过,他还是听见了外面的叫声。他竖起了耳朵,听出是猎狗鲍泽的叫声。雷迪根据他的叫声断定,他正在追踪狐外婆格兰尼。

雷迪笑了。他一点都不替狐外婆格兰尼担心,一点儿都不替她担心。他知道,格兰尼非常机智,只要她愿意,她随时都可以甩掉猎狗鲍泽。这个时候,雷迪一个激灵,顿时清醒了过来。

"狐外婆格兰尼说过她感觉到危险正在迫近。"雷迪心想。

狐狸雷迪蜷起身子,想睡上一觉。他要听从狐外婆格兰尼的吩咐,在她回来之前,他的那个黝黑的小鼻头千万不可以探出洞外。可雷迪死活就是睡不着。他的卧室又窄又小,而他的那条伤腿又僵又硬,还疼得要命,怎么待都不舒服。他扭来扭去,辗转反侧,坐立不安。他越是烦躁不安,就越感觉不舒服。他不禁想起了外面温暖的阳光,要是能趴在洞口,把身子舒展开,那该多么舒服啊。那样的话,他的腿肯定不会这么疼。狐外婆格兰尼肯定遇到麻烦了,所以这么久了她还没有回来。她要是知道自己会出去这么长时间的话，她也许就不会让雷迪一直待在洞里不出来了。

狐狸雷迪于是缓缓地爬出那条又黑又长的地道。渐渐地，他开始看见从洞口处射进来的阳光。他又往洞口爬近了一点儿。违反狐外婆格兰尼的吩咐不是他的本意。哦，他不会这么做的！他当然不会这么做的！格兰尼让他乖乖地待在洞里，一直等到她回来是不错；不过，她可没说雷迪不能往外面看呀！随后雷迪又往洒满阳光的门口爬近了一点儿。

"狐外婆格兰尼真是越老越胆小。就跟我没她那么眼尖一样,我绝没有半句虚言!我真想一直盯着农夫布朗的儿子,看着他往这边来。"雷迪自言自语说。紧接着,他又往前爬了一点儿。

外面是多么明亮、多么温暖、多么令人愉悦啊!雷迪知道,如果他爬到洞口,舒展开身体的话,那肯定会比待在洞里舒服几百倍。此时,他突然听见巧妇鹪鹩珍妮大声地叫骂了起来,他再也控制不住自己了。他于是又往洞口爬了一点儿。接着,他又听见了猎狗鲍泽的叫声,它非常遥远,必须竖起尖尖的小耳朵全神贯注地听,他才能听得到。

"格兰尼把猎狗鲍泽骗到山后去了。好样的,狐外婆格兰尼!"雷迪心想。这个时候,他已经爬到门槛上了。

巧妇鹪鹩珍妮还在那里咋咋呼呼地叫喊。

巧妇鹪鹩珍妮每天都牢骚满腹,
不是怨天儿太热,就是怨天儿寒。
一天到晚,大惊小怪、咋咋呼呼,
笨拙的小嘴已练得刀子一般锋利。

一曲唱罢,雷迪又自言自语地说:"我要去看看到底是怎么回事儿。"

说着,狐狸雷迪把头探出了洞外——谁知却兜头撞上了农夫布朗的儿子的那张长满雀斑的小脸蛋儿和那个可怕的枪口。

秃鹫巴扎德老先生眼观六路

狐外婆格兰尼的如意算盘是这样的：把猎狗鲍泽引到山脚下的老牧场以后，她便可以安安稳稳地回家。

她又累又热，准备抄有树荫的小路回去。她以为，猎狗鲍泽找到那个废弃的狐狸洞以后，肯定会兴奋地大喊大叫，那个时候农夫布朗的儿子会马上跑过来的。

谁知农夫布朗的儿子却一直没有出现,格兰尼开始担心起来。难道他没有跟随猎狗鲍泽不成?狐外婆格兰尼跑到一个制高点上,往下面看去,依然看不到农夫布朗的儿子的身影。恰在此时,秃鹫巴扎德老先生从碧蓝碧蓝的天空中飞过来,落在一棵高大的枯树上。前几天她打算偷袭彼得兔的时候,正是他给彼得兔报警的,想到这里,她忍不住想扑过去,吓走他;不过,她突然灵机一动——也许,她倒可以利用巴扎德老先生一回。

狐外婆格兰尼于是抻了抻她那漂亮的裙子,而后来到巴扎德老先生停落的那棵树的树下。

"今天过得不错吧,巴扎德邻居?"格兰尼一边寒暄,一边抬头笑对秃鹫巴扎德老先生。

"还不错,俺一直在空中飞来飞去的。谢谢你。"秃鹫巴扎德老先生一边回答,一边张开翅膀,

扑扇起来。

"哇!"狐外婆格兰尼赞叹道,"你的大翅膀可真是无与伦比,巴扎德先生!能自由飞翔,真是棒极了。我猜,在碧蓝碧蓝的天空中翱翔,一定可以看见地上的很多事吧,巴扎德先生。"

秃鹫巴扎德老先生不禁有些飘飘然。"那是自然。"他说,"芳草地和绿森林一带的任何风吹草动都逃不过俺的眼睛。"

"哦,巴扎德先生,你说的是真的吗?!"狐外婆格兰尼惊叫道,摆出一副不可置信的表情。

"是的,俺可以做得到!"秃鹫巴扎德老先生答道。

"真的吗,巴扎德先生?真的吗?哦,我真不敢相信你的眼睛会这么敏锐!我知道猎狗鲍泽现在正在哪里,也知道农夫布朗的儿子在哪里。不过,我不相信你能看见他们在哪里。"狐外婆格兰尼说。

秃鹫巴扎德老先生没有搭腔,他张开宽大的翅膀,一眨眼的工夫,他已经飞进高空之中,变成一个豆粒大的小点。狐外婆格兰尼暗想,她怎么知道农夫布朗的儿子在哪里,她这是在骗巴扎德先生。她的如意算盘是,她可以利用巴扎德老先生,激他说出农夫布朗的儿子的所在。

几分钟后,秃鹫巴扎德老先生飞了回来。"猎狗鲍泽正待在山脚下的那个老牧场那里。"他说。

"没错!"狐外婆格兰尼一边叫,一边拍手。"那你看见农夫布朗的儿子在哪里吗?"

"农夫布朗的儿子在……"秃鹫巴扎德老先生突然不说话了。

"在哪里呀?在哪里呀?"狐外婆格兰尼急切地问。她急得要命,秃鹫巴扎德老先生疑窦顿生,目光如炬地盯着她。

"你说你知道的,那俺还有什么必要再说一遍啊?"秃鹫巴扎德老先生说。然后,秃鹫巴扎德老

先生又补充说:"不过,如果俺是你的话,俺一定会立刻赶回家去的。"

"为什么?请告诉我,你都看见了什么,告诉我,巴扎德先生!"格兰尼恳求道。

可是,秃鹫巴扎德老先生死活不肯说。狐外婆格兰尼只好急匆匆地往家跑去。

"哦,上帝啊,但愿狐狸雷迪听从我的吩咐,老老实实地待在洞里。"她喃喃地说。

"为什么？请告诉我，你都看见了什么，告诉我，巴扎德先生！"格兰尼恳求道。

狐外婆格兰尼吓了个半死

狐外婆格兰尼确信秃鹫巴扎德老先生看见农夫布朗的儿子正扛着枪在她家附近转悠。狐狸雷迪正在家里养伤，秃鹫巴扎德老先生要是什么也没看见的话，他绝不会劝她赶紧回家的。想到这里，她的心已经凉了半截。她已经把猎狗鲍泽引离芳草地，引到了离这里非常远的地方。这把她累得够呛。她原来打算抄阴凉小道走着回家的；可是，她必须尽快跑回家。因为她必须要搞清楚,农夫布朗的儿子是不是已经了发现她的家。

"幸亏我让雷迪待在洞里别出来;我这么做,真是太有先见之明了。"狐外婆格兰尼一边跑,一边暗自庆幸。这时候,她突然听到了歌声。歌声好像是从她头顶上方的树上传来的。

> 我们跳舞,我们欢闹,
> 一生一世,阳光灿烂!
> 我们竞赛,我们奔跑,
> 无论输赢,始终欢笑!

歌声对狐外婆格兰尼来说再熟悉不过了。她抬起头,往树上看去。她看见西风老妈家的微风梅里众兄弟正在树叶间玩耍。这时,微风梅里众兄弟中的一个小伙子恰好也往树下看了一眼,立马看见了狐外婆格兰尼。

"快看狐外婆格兰尼!她看上去又热又累。我们下去让她凉快凉快吧!"微风梅里众兄弟中的那个

小伙子说。

微风梅里众兄弟呼的一声从树上来到地上。而后他们围着狐外婆格兰尼跳起了欢快的舞蹈,好让她尽快凉快下来。当然喽,狐外婆格兰尼并没有停下脚步。她的心始终悬着,顾不上纳凉。好在微风梅里众兄弟一直跟着格兰尼,她跑得没有以前那么累了。

"你看见农夫布朗的儿子了吗?"格兰尼气喘吁吁地问。

"哦,看见了!早些时候,我们看见他正在您家附近转悠,狐外婆格兰尼。我们故意吹掉他的帽子,故意惹他生气。"微风梅里众兄弟齐声说,随即又咯咯地笑了起来,看起来农夫布朗的儿子让他们愚弄得不轻。

不过,狐外婆格兰尼根本就笑不出来——哦,我的上帝,她根本就笑不出来!她的心还一直七上八下的。她使出平生最大的力气，跑得更快了。跑了一会儿，她终于跑到了那个小山坡的顶上，看见了她的家。这时候，她感觉她的心一下子提到了嗓子眼儿上，心脏几乎停止了跳动。她的眼珠子都快从眼眶里瞪出来了。她看见农夫布朗的儿子正站在她家的大门口。而狐狸雷迪呢，他正在往外探头。

狐外婆格兰尼看见农夫布朗的儿子举起枪，对准雷迪；她急忙捂住眼睛，不愿意去看这恐怖的一幕，等着那砰的一声枪响。可是，那里悄无声息。格兰尼把手从眼睛上拿开。她看见农夫布朗的儿子还在那里，但雷迪已经不见了。

狐外婆格兰尼长舒了一口气。刚才她差点吓了个半死，长这么大，这是她最为凶险的一次遭遇。

狐外婆格兰尼和雷迪只好搬家

"我不想搬家,"狐狸雷迪抱怨着,"我的腿疼得要命,走不了路。"

狐外婆格兰尼推了雷迪一把。"快去,按我说的做!"她厉声说,"你早听我的,我们现在也用不着搬家啦。这全都是你的错。你把头伸到洞外,伸到了农夫布朗的儿子的眼皮子底下,竟然没被打死,真是奇了怪了。农夫布朗的儿子已经知道我们的窝了，他绝对不会让我们安生的。必须马上搬家！这里是我住过的最好的家，可现在我们却必须离开这里。哦，我的上帝啊！哦，我的上帝啊！"

狐狸雷迪一瘸一拐地穿过地道，来到洞外。现在，他得用三条腿走路。每走一步，他都会疼得龇牙咧嘴。我们知道，一走路，他的那条伤腿就会疼的。

星星们向下面张望，看见狐狸雷迪一瘸一拐地走出家门，狐外婆格兰尼跟在他身后。他们在这里已经住了很久很久。格兰尼对旧居说了声"再见"，而后叹了口气，又抹了抹泪水。雷迪只顾着疼了，没有注意到狐外婆格兰尼心情不好。走路让他的腿

钻心地疼，每走几步，都要坐下来歇一歇。

"今晚就搬家，我看根本就没有这个必要。白天搬家，肯定容易和方便得多。今晚的空气让我的腿又僵又硬。恐怕我再也不能像往常那样走路了。"狐狸雷迪喃喃地抱怨道。

雷迪的絮叨很快就让狐外婆格兰尼失去了耐心。没错！她现在烦躁得很。她照准雷迪的耳朵抡了一巴掌，接着又给他的另一只耳朵一巴掌。雷迪哇的一声哭了。

"闭嘴！"狐外婆格兰尼厉声说，"你巴不得所有的邻居都知道我们正在搬家，是吧？他们迟早会发现的。赶紧走，别再吵闹了。你要是再闹的话，我就自己走了，把你留在这里，让你自生自灭，看你怎么弄到吃的？"

狐狸雷迪用袖子抹了抹眼泪，而后一瘸一拐地去追狐外婆格兰尼。格兰尼总是先往前跑一段路，确定前面没有危险后，再回来陪雷迪一起走。可怜的雷迪！他竭力忍住不去抱怨，可每走一步，他都非常痛苦。雷迪还是觉得没必要非得今晚就搬家。

今天下午，他违反格兰尼的吩咐，把头伸到洞外，差点撞到农夫布朗的儿子的那张长满雀斑的脸上，幸亏他飞速地缩回洞里，才没有吃枪子儿。到现在，他还心有余悸呢。可眼下，他还是搞不明白，狐外婆格兰尼为什么非得要今晚搬家。

"格兰尼老了。她越老越胆小，总是大惊小怪。"狐狸雷迪一边一瘸一拐地跟在格兰尼的后面，一边咕哝道。

雷迪恍恍惚惚地觉得自己好像已经走了十万八千里。他们来到雷迪平生见过的一个最为破旧的狐狸洞前时，狐外婆格兰尼停了下来。雷迪觉得他们好像已经走了一整个晚上。

"到家了！"格兰尼说。

"什么！我们要住在这里？"雷迪吃惊地问，"一只体面的狐狸对这样一个地方根本就不屑一顾。"

森林有童话

"这里是我的出生地!"狐外婆格兰尼厉声说,"想摆脱危险的话,就别再挑三拣四了。"

谁看不起柴米油盐,
谁整天鼻子朝天,
贫困就会把他缠,
日子便不再甘甜。

唱完这段歌词,她又厉声说:"现在,赶紧钻进洞里去!不要再让我听见你的声音!"

狐狸雷迪一时间无法完全明白狐外婆格兰尼所唱的歌和说的话。不过,他知道,狐外婆格兰尼的吩咐必须立马执行。他于是爬过已经塌陷的洞口,钻进了地洞里。

彼得兔发现了个惊天大秘密

整天乐呵呵的红圆脸太阳公公摘下睡帽,从紫山丘后面的家里走出来,慢腾腾地爬到碧蓝碧蓝的天空中。与此同时,农夫布朗的儿子正穿过绿森林,来到山野小路上,往下坡的方向走去。

彼得兔在外面疯了一夜,正打算回家的时候,恰好看见了农夫布朗的儿子。他停下脚步,直起身子,使劲揉了揉眼睛,又看了一遍。彼得兔感到有

些不可思议。没错，这不是幻觉。正是农夫布朗的儿子，没错，是他。猎狗鲍泽在他身旁跑来跑去。

彼得兔又揉了揉眼睛，而后紧蹙双眉。农夫布朗的儿子胳肢窝里夹着一支猎枪，肩膀上扛着一把铁锹。他扛着铁锹这是去哪里呀？山野小路明明不通往农夫布朗家的菜园呀。彼得兔一直目送着农夫布朗的儿子远去。然后，他急匆匆地跑下山坡，来到芳草地上，去找土拨鼠约翰尼。上帝啊，彼得兔简直就像是在飞！他实在是太激动了，几分钟之前他还困得要命呢。

半路上，彼得兔差点儿撞进浣熊鲍比和臭鼬吉米的怀里。他们俩正在拌嘴呢。看见彼得兔，他们停了下来。

> 彼得兔快步如飞，身轻如燕，
> 竟是他的影子让他胆战心寒。

正是农夫布朗的儿子，没错，是他。

森林有童话

彼得,彼得,何以这么丢脸!
告诉我们你为啥突然吓破了胆。

浣熊鲍比手舞足蹈地唱道。

彼得兔来了个急刹车,差点儿摔个倒栽葱。"嘿,"彼得兔上气不接下气地说,"我刚才看见农夫布朗的儿子了。"

"不可能!"臭鼬吉米说,装出一副非常非常吃惊的样子,"这怎么可能!呃,让我想想,我敢打赌,我见过农夫布朗的儿子好几次了。"

彼得兔冲臭鼬吉米莞尔一笑,然后告诉他和浣熊鲍比,他看见农夫布朗的儿子拿着猎枪和铁锹,带着猎狗鲍泽一起沿着山野小路,往下坡方向去了。"我们都知道,那里根本没有什么菜园子。"他总结道。

浣熊鲍比的脸突然绷紧了。没错!他刚才的那一脸的调皮劲儿顿时消失得无影无

踪。

"出什么事了？"臭鼬吉米问。

"我在想，狐狸雷迪的家就在农夫布朗的儿子去的方向，他的腿伤还没好利索，他根本就不能跑。"浣熊鲍比回答说。

臭鼬吉米提起裤子，跑上山野小路。"跟我走！"他叫道，"我们跟在农夫布朗的儿子后面，看看他究竟是要干什么。"

浣熊鲍比跟了上去。不过，彼得兔说，他要先去找土拨鼠约翰尼。

他们说话的当儿，农夫布朗的儿子正沿着山野小路急匆匆地赶往狐外婆格兰尼的家，就是狐外婆

格兰尼和狐狸雷迪昨晚偷偷离开的那个家。当然喽，农夫布朗的儿子不知道他们已经搬家了。来到狐外婆格兰尼的家附近以后，他把猎枪放到了地上。这个时候，臭鼬吉米、浣熊鲍比、彼得兔和土拨鼠约翰尼已经来到了以前他们经常光顾的那个小山坡上，躲在那里偷偷地往远处看，他们看见农夫布朗的儿子挖了一个大坑。

"哦！"彼得兔大叫道，"他这是打算把狐狸雷迪的洞挖开，不把可怜的雷迪生擒活捉绝不罢休！"

农夫布朗的儿子白忙乎了一场

狐狸雷迪原先居住的那个洞的洞口周围长满了野草,这会儿它们全都湿漉漉的。农夫布朗的儿子放下猎枪,脱下外套,卷起衬衫袖子,随即拿起铁锹。这里是芳草地的边缘地带。今儿是一个凉爽美丽的日子。整天乐呵呵的红圆脸太阳公公刚刚起床,正慢悠悠地往碧蓝碧蓝的天空爬。微笑池塘周边的灯芯草茂密繁盛,白眉歌鸫雷德温先生正在灯芯草

上空一边翱翔，一边愉快地唱着歌儿。没错，今儿的确是一个非常美丽的夏日。在这么一个美好的清晨里，会有人受到伤害似乎完全不可思议。

农夫布朗的儿子正手脚并用地往狐狸雷迪家的洞边爬呢。他准备只要雷迪一露头，他就马上开枪。可这里连雷迪的影子也没有，农夫布朗的儿子于是站起来，吹了声口哨，继续挖洞。他那长满雀斑的脸蛋儿写满单纯与善良。他看上去不像是那种会故意找别人碴儿的人。可是看哪，猎枪躺在地上，农夫布朗的儿子使劲儿挖着。看他的劲头儿，不挖通狐狸雷迪的家，他绝不罢休！

洞越挖越深，挖出来的土越堆越高。农夫布朗的儿子还不知道有人正在看着他呢。他既没有看见土拨鼠约翰尼——他正躲在一丛高高的野草后面偷窥呢；也没看见彼得兔正藏在绿森林边缘的一棵大树后面偷看；更没有看见浣熊鲍比正藏在那棵大树上。他也没看见臭鼬吉米、负鼠比利大叔、开心果松鼠杰克和狗獾迪格。这么多小动物，农夫布朗的儿子却一个也没有看见，但他们都在紧盯着他的一举一动。他每往外挖出一铲土,他们的心跳就会加速一点点。因为他们每个人都觉得狐狸雷迪肯定要大祸临头了。

只有秃鹫巴扎德老先生知道全部情况。他从碧蓝碧蓝的空中往下看,地上的动静可以一览无余。他看见生活在芳草地和绿森林一带的所有小动物正在监视着农夫布朗的儿子的一举一动。农夫布朗的儿子干得越卖力,秃鹫巴扎德老先生就越觉得好笑。他笑什么呢?原来他看见了狐外婆格兰尼的那张尖脸。她正躲在一个旧栅栏的拐角处,一边偷看,一边窃笑呢。秃鹫巴扎德老先生由此知道狐狸雷迪现在非常安全。

森林有童话

可是，生活在芳草地和绿森林一带的其他小动物并不知道狐外婆格兰尼和狐狸雷迪已经搬家了。农夫布朗的儿子把洞挖得越深，他们的脸就拉得越长。

"我整天提心吊胆的，生怕被狐狸雷迪抓住。要是被他抓住了，他会把我给吃了。可是，要是少了雷迪，我反而觉得不适应了。哦，我的上帝啊，我不想眼睁睁地看着雷迪被杀死。"彼得兔悲戚地说。

"也许雷迪恰好不在家。"臭鼬吉米说。

"他不可能不在家。他的腿又僵又疼，根本走不了路。他只能待在家里。"土拨鼠约翰尼说，"嘿，快看哪！"

小动物们急忙往远处看。他们看见农夫布朗的儿子从洞里爬了出来，一脸的疲惫和不高兴。他先是休息了一会儿，而后皱起了眉头。休息完以后，他竟然把挖出来的土又铲回了洞里。他已经挖到洞底了，可是，他一无所获。

"万岁！"彼得兔大声一呼，并起双脚，跳得老高。

其他小动物都和彼得兔一样，欢欣鼓舞。土拨鼠约翰尼尤其高兴，因为农夫布朗的儿子也曾经"拜访"过土拨鼠约翰尼那个舒适的家。土拨鼠约翰尼不得不像狐外婆格兰尼和狐狸雷迪一样，果断地搬家。狐狸雷迪此刻的心情土拨鼠约翰尼感同身受。在他短暂的一生中，经历过无数次虎口脱险的奇遇。朋友们，让我们到下一本书中，也就是《果园里的怪事》中，和土拨鼠约翰尼以及他的那些朋友们一起去冒险吧！

伯吉斯的动物世界

桑顿·伯吉斯,美国著名儿童文学作家,自然主义者,自然资源保护论者。1874年出生于美国马萨诸塞州科德角半岛的桑威奇。那一带有着大片的树林和湿地,是野生动物们的乐园。伯吉斯童话故事中的微笑池塘、绿森林、欢笑小溪和老沙窝等就是以这里的池塘和森林作为原型的。

伯吉斯小时候家境贫寒,幼年丧父,中年丧妻,

晚年丧子，母亲还身有残疾。1906年，伯吉斯的爱妻尼娜撇下他和年幼的孩子，撒手而去。据说，伯吉斯就是从这个时候开始创作睡前故事，用这些优美、温暖陪伴他的儿子度过没有母爱的童年。1910年，他的第一部作品《西风老妈》面世。在接下来的50年间，伯吉斯笔耕不辍，创作了大量童话作品，取得了卓越的成就。伯吉斯凭借超乎常人的坚强毅力、博大的爱心，成就了非凡的人生，并影响着一代又一代的读者。他一生创作了170余部作品和15000余篇发表在报纸上的专栏作品。

1965年，伯吉斯去世，享年91岁。

伯吉斯在世界上有着深远的影响：

◆ 美国东北大学于1938年授予伯吉斯荣誉文学学士学位。

◆ 波士顿自然科学博物馆授予他一枚荣誉奖章，称赞他在"引导孩子们去探索更加广阔的世界"方面做出的卓著贡献。

◆ 野生动物保护基金会授予他一枚杰出贡献奖

章。

◆伯吉斯去世后，美国奥杜邦协会马萨诸塞州分会出资将他在汉普登的庄园买下，并在原址上建立了"欢笑小溪野生动物保护区"。

◆1976 年，伯吉斯协会和伯吉斯博物馆成立。博物馆每年自 5 月底至 10 月中旬对外开放，其宗旨是"激励人们关心、爱护野生动物，保护大自然"。

◆1979 年，伯吉斯大自然中心在迪斯卡弗里希尔路成立，此后每年都会有无数参观者慕名前来参加学习班和培训班，学习伯吉斯的大自然保护理念。

◆汉普登的一所中学为纪念他，以他的名字作为校名。

◆20 世纪 70 年代，日本一家电视台将伯吉斯的动物童话拍摄成动画片。随后，许多国家引进该动画片。

◆伯吉斯的童话作品迄今已被翻译成瑞典语、法语、德语、西班牙语、意大利语、日语和汉语等多种语言。

卡迪的动物朋友

哈里森·卡迪,美国插画大师。1877年出生于美国马萨诸塞州的加德纳。他在父亲的引导之下,对大自然产生了浓厚的兴趣,立志用画笔来表现自然之美,并开始模仿霍华德·派尔、弗雷德里克·雷蒙顿、亚瑟·伯德特·弗罗斯特等大师的作品。后来,当地一位名叫帕金斯的油画家收他为徒,教授他绘画。

从1894年开始，卡迪为《哈珀青年人杂志》《布鲁克林鹰报》《时尚好管家》《乡村绅士》《生活》《男孩生活》《星期六晚邮报》等报刊创作了大量插画。卡迪的绘画作品深受广大读者的欢迎，这其中就包括"迪士尼世界"的创始人沃尔特·迪士尼。艾美奖和奥斯卡最佳动画短片奖获得者、纽约大学电影学院教授约翰·康尼扎罗将卡迪列为对沃尔特·迪士尼有着决定性影响的画家之一。卡迪的绘画对其他作家和插画家也产生了深远的影响，这其中就包括"贝贝熊系列"的作者简·贝伦斯坦和斯坦·贝伦斯坦以及"斯凯瑞金色童书"的作者理查德·斯凯瑞。美国艺术档案馆、《纽约先驱报》档案馆以及伯吉斯博物馆都珍藏着卡迪的绘画作品。

卡迪和伯吉斯一直保持着长期的合作关系，为他的"睡前故事"的报纸专栏创作插画，并获得伯吉斯的高度认可。伯吉斯称赞卡迪画笔下的那些动物，诸如彼得兔、臭鼬吉米、蓝松鸦萨米、浣熊鲍比、水獭小乔、水貂比利、麝鼠杰里、青蛙爷爷弗洛格等，"奇妙无比，温柔可爱，犹如来自永恒的魔

幻世界"。

卡迪晚年仍一直坚持创作。他于1970年辞世,享年93岁。

精彩评赞集锦

我上小学时……我和我家人常去新罕布什尔州消夏。那里人烟稀少,我只能和我哥哥一起玩……我记得我那时酷爱动物童话,比如说"猪宝弗雷迪"系列和伯吉斯的动物童话等。我还记得在我哥哥忙自己的事而我手头又没有童话可读时,我就会感到百无聊赖,烦躁不安。

——诺贝尔经济学奖得主　乔治·阿克洛夫

我坚定不移地效法我父母,坚持给孩子们读书……为了能更好地为他们读书,我在戴维营、肯纳邦克波特和白宫准备了一大堆书。其中有《圣经故事》、芭芭拉·库尼的《花婆婆》、马丁·汉德福的《沃尔多在哪里》以及伯吉斯的动物童话等。这些书由于经常翻阅,已经快散架了。但我视它们为自己的孩子,依然珍藏着它们。

——美国前总统小乔治·布什的母亲
芭芭拉·布什

卡迪对"迪士尼世界"的创始人沃尔特·迪士尼有着决定性的影响。

——艾美奖、奥斯卡最佳动画短片奖得主
约翰·康尼扎罗

理查德·斯凯瑞的父亲是一位杂货店店主,他们的家境很不错,少年斯凯瑞读到过很多动物童话,其中就包括美国多产作家伯吉斯的动物童话。

——美国学者　鲍比·莱蒙特

用"宝典"一词来形容这套书（伯吉斯的动物童话）一点都不夸张。它让我们想起了那样一个时代——孩子们可以拥有自己的想法，可以让想象力自由驰骋，而不是像现在这样，仅仅是一群程式化的"小大人"。这套书将给家长和孩子们一种全新的体验，让睡前时光变成一段美妙无比的旅程。

——美国著名记者、作家　米奇·德克特

直到有了自己的小孩，我才意识到给孩子读这些睡前故事（伯吉斯的动物童话）是多么的有趣。给孩子们赠送图画书和童话书并不是件难事，但朗朗上口的童话故事总是可遇而不可求。家长们要是想让自己的孩子们和自己获得阅读的愉悦，这些故事将是不二选择。

——美国著名作家、《世界杂志》总编辑
马文·奥拉斯基

后记：动物们的世外桃源

童年生活，对幼年丧父、母亲半残的伯吉斯来说，绝非一曲意趣盎然的田园牧歌。但乐天知命的他始终保有一份"采菊东篱下"的浪漫情怀，每每回忆起科德角半岛，每每回忆起那里的草地和森林，每每回忆起自己在那里的漫游岁月，都喜欢用"美妙甜蜜"来形容。他坦言，他对那段世外桃源式童年生活始终怀有一份眷恋，正是这份眷恋塑造了他的自然观。虽然"在常人眼里,'大自然母亲'平淡而乏味",但伯吉斯始终认为自己在科德角半岛的童年生活充满"世外桃源式的意趣"。这种意趣在他所创造的动物小说世界中无处不在。他为动物们创造的是一个怡然自得的世外桃源。这个世外桃源有着一派理想化的田园风光——在这里,动物们虽然会说话,但它们依照自己的习性生活着。青蛙爷爷弗洛格虽然会说话,虽然穿着漂亮的夹克,但它的行为是一只青蛙的行为,并没有被拔高到人类行为的高度。同样,彼得兔、浣熊鲍比、狐狸雷迪等,都依照自己的天然属性生活着。从这个意义上讲,这些故事和《柳林风声》一样,是真正意义上的动物故事。

在这个风景旖旎的世外桃源里,物竞天择的自然法则虽然无法抗拒,但小动物们始终能通过守望相助,过着惊险刺激而又丰富多彩的生活。它们热衷于在田间、草丛里、树林里、池塘中、洞穴里、蓝天中玩耍嬉戏,喜欢四处找乐子;有时候,为了满足自己的好奇心,竟然甘冒生命之险……不过,

在大多数时间里,它们还是不愁吃,不忧穿。正如伯吉斯在《永志不忘——一个业余自然爱好者的自传》中所描述的那样,它们似乎"有必要就这样长生不老地生活下去"。

在这个世外桃源里,时间似乎永远静止——春天的时光总是很长;冬天来临后,那些不需要冬眠的动物虽然会挨冻、受饿,但永远不会被冻死,也不会被饿死。在这个世外桃源里,死神似乎永远不会光顾。伯吉斯坦言,"有时候,忘却那些冷冰冰的科学事实和知识……欣赏光怪陆离的幻想世界……是一件愉悦的甚至是有益无害的事"。

在这个世外桃源里,人类只是边缘角色,很少闯入这里。在绝大多数时间里,人类只在农场里活动,那些农场和它周围的动物世界一样,也具有世外桃源的色彩。即使有偷猎者闯入,动物们也能通过守望相助让他们无功而返。在伯吉斯的笔下,那些动物在芳草地、绿森林、微笑池塘、欢笑小溪一带经历着一次又一次奇遇,而和这些地方毗邻的农夫布朗的农场只是一个背景。农夫布朗的儿子——

刚出场时,他是一位猎人的形象,动物们看到他都会望风而逃。不久,他成为一位动物保护者和救助者,偶尔会突然闯入动物们的世界,而那些动物——臭鼬吉米和负鼠比利大叔是它们中的代表人物,它们俩一想到鸡蛋就会垂涎三尺——则经常悄悄地溜进农夫布朗的农场里的养鸡场去偷鸡蛋吃。

但是,这些动物一旦离开那个充满欢笑的理想世界,溜进陌生的世界,它们马上就会失去安全感,经受着不安和恐惧的侵扰。它们最终会选择逃回它们的世外桃源。这正应了那句"金窝,银窝,不如自己的草窝"的俗语。

细细想来,伯吉斯笔下的这个世外桃源何尝不是人类几千年来孜孜以求的理想世界。从这个意义上讲,伯吉斯的价值观其实就是人类所共同追求的理想境界。因此,他的作品不仅适合儿童阅读,同样也可以让成年人获得感悟。

李现刚